我的村庄
我的湖

赵小明 著

天津出版传媒集团

百花文艺出版社

图书在版编目（ＣＩＰ）数据

我的村庄我的湖 / 赵小明著. -- 天津：百花文艺
出版社, 2024. 12. -- ISBN 978-7-5306-8934-9

Ⅰ. I267

中国国家版本馆 CIP 数据核字第 2024QJ1990 号

我的村庄我的湖

WO DE CUNZHUANG WO DE HU

赵小明　著

出 版 人：薛印胜

责任编辑：赵世鑫　　　　　装帧设计：郭亚红

出版发行：百花文艺出版社

地址：天津市和平区西康路 35 号　邮编：300051

电话传真：+86-22-23332651（发行部）

　　　　　+86-22-23332656（总编室）

　　　　　+86-22-23332478（邮购部）

网址：http://www.baihuawenyi.com

印刷：天津新华印务有限公司

开本：880 毫米×1230 毫米　　1/32

字数：100 千字

印张：6.25

版次：2024 年 12 月第 1 版

印次：2024 年 12 月第 1 次印刷

定价：58.00 元

如有印装质量问题，请与天津新华印务有限公司联系调换

地址：天津东丽开发区五经路 23 号

电话：(022)58160306

邮编：300300

假设我们每个人都失去了记忆，
那会成什么样子呢？

——豪尔赫·路易斯·博尔赫斯 1978 年《时间》

序

○ 诸荣会

"假设我们每个人都失去了记忆,那会成什么样子呢？"这是阿根廷作家豪尔赫·路易斯·博尔赫斯在《时间》中的一句话,赵小明将它引用在自己的散文集《我的村庄我的湖》的开卷位置做题记,这应该是身为作者的他给读者的一种暗示,只是所暗示的到底是什么呢？

其实,在这句话的后面,豪尔赫·路易斯·博尔赫斯还有一段阐述:"为了知道我是谁,我没有必要回忆我,比如说,曾在巴勒莫、阿德罗格、日内瓦、西班牙住过。同时,我必须感到现在的我不是住在那些地方的我,我是另一个我。这是一个我们永远无法解决的问题:不断变化身份的问题。也许变化这词本身足以说明问题,因为我们在说到某个东西的变化时,我们不说某个东西被另一东西取代了。我们说:'树长高了。'我们并不因此说一棵小树被一棵比它大一点的树取代了。我们愿意说这棵树变样子了。这就是瞬息滞留的观念。"以此看来,赵小明所暗示的意思应该是,《我的村庄我的湖》中的"村庄"和"湖",一是属于他个人的,即个人化,甚至私人化的;二是个人化甚至私人化的记忆是时代遗落在岁月荒滩上的一个坐标,历史的意义和价值便蕴含其中。

是的,一座私人化、历史化的村庄和湖泊,之于时代发展是具有坐标意义的。我们常常将历史比喻成一列火车或一艘航船,但有时候,要看清这列火车或这艘航船在某个时段到底是前进了还是倒退了,抑或是原地没动,是需要"过一会儿"的。因为只有"过一会儿",才能有所比较;只有通过比较,才容易看出"变化"。我们今天正处于一个"变"的时代,即所谓"百年未有之大变局"中,但是这种"变",到底在以一种什么形态发生和发展着,这种"变"到底到了什么程度,是需要"过一会儿"才能看清的。

只是这种之于历史的"过一会儿",对于一个人来说,却往往是一辈子。

第一次与赵小明相见相识,我由他的这个名字竟首先联想到了李春波的那句歌词"村里有个姑娘叫小芳",进而差不多与此同时,脑海中又蹦出了一句"村里有个孩子叫小明",并从此记住了这个名字,也结识了这位新文友。

有人说散文是属于老年人的文体。之所以这样说,是因为其一在题材方面需要尽量的丰厚而扎实,其二在背后支撑散文主题的思想要足够的深刻而独到,而这两点,便注定作者不但要具备深厚的生活积累,而且要具备对生活独到而深刻的认识,且这种认识有知识的、文化的甚至哲学的等多方面综合——这往往需要一个人凭借漫长的人生和丰富的阅历才能获得。

生活中的赵小明已年过花甲，不算年轻了，然而，当我读《我的村庄我的湖》时，那句"村里有个孩子叫小明"的话又萦绕在我脑海里，因为书中那个发现"村庄的眼睛"的眼睛仍那么年轻，领着读者见识村庄树篱上那个植物世界的人，仍有着一颗童心——听到布谷鸟的叫声他仍激动不已，望着南迁的大雁他仍那么浮想联翩，梦里的那只青蛙仍让他牵肠挂肚，人与老鼠间的恩怨仍让他那么纠结……村里那个叫"小明"的孩子，即使成了一位作家，但他的根仍在村里，仍是个"村里的作家"。然而，现实中的赵小明，早已不在那个村子里生活了，求学、工作、奋斗，让他离村子越来越远；成功、挫折、迷惘，又让他似乎从未离开村子；当职员、任领导、退休，让他的人生似乎画了一个圆，终点又回到原点……这正好为赵小明回看那个曾经属于自己的村庄和湖泊提供了一个"过一会儿"的条件。

现实中的村庄和村边的那个湖，早已不是记忆中的模样，一切都变了。这种变化是时代和历史变迁的缩影。如果硬要为这本《我的村庄我的湖》写一个所谓形散而神不散的主题，其主题也应该在此吧？但是赵小明之于这一主题的表达，并非从概念出发，以一般的宏大叙事来进行这种"对比"，而是通过展示村庄特定的物象、讲述村庄特定的故事、描写村庄个性鲜明的人物，从而展示出村庄的历史和生活的肌理，并试图厘清这肌理从历史到今天的走向。所以，全书看似都在写村庄的"不变"，但这种"不变"是以现实中"变"的衬托显现出来的，书写目的应该是为了衬托现实之"变"吧。就这样，"变"属于时代，"不变"则属于历史。因此，赵小明《我的村庄我的湖》的创作，如同把村里的一口多年的老井淘了一次，淘出的虽然都是些村子里的陈年旧物，但随之获得的井水，虽然每一滴仍来自历史的深处，但从此会更加新鲜和清冽。亦即赵小明的这本《我的村庄我的湖》，以题材和作者论，是一部老练的散文作品；以内容和写法论，是一种"儿童文学"作品。而这样一种作品无疑是独特的。

我不知道赵小明写作《我的村庄我的湖》的最初灵感有没有受刘亮程《一个人的村庄》的影响和启发，但是在我阅读时常常想到《一个人的村庄》，只不过刘亮程的那个村庄在西北的沙海边，而赵小明的村庄在江南的湖水边。

刘亮程的《一个人的村庄》，以其浓郁的诗性与独特的文化性一直为人们称道，而我在读《我的村庄我的湖》时，感觉充溢其间的那种文化滋味似乎可与之一比。是的，我这里强调的是一种文化的滋味，因为之于一个小村庄而言，所谓文化性的表现，多数时候只是一种生活的滋味，甚至生活本身。《我的村庄我的湖》中的文化性，最明显的可见于作品之于村庄历史的介绍、地理环境的描绘和民风民俗的叙写之中，如《湖边的小村》，是对村庄历史地理的背景叙述；《追鱼》一篇，既是一部江南水乡捕鱼的秘籍，也是一部乡村渔业文化小丛书；《冬日余韵》中，与其说在叙写民风民俗，不如说描绘一场水乡农耕文化的传承仪式……不过我以为,《我的村庄我的湖》中的文化性,最可贵、最重要、最有价值的是这些背后对村庄生活的现实观照,即之于村庄里人们的生命观照,如从"骑在牛背"的水乡娃子,到成为读书"种子",正是村庄走向现代、走向未来的见证。

从散文作者到散文作家,一般都有一个从凭灵感零打碎敲,到有意识"工程化"写作的过程。作为一名生活在基层的业余散文作者,赵小明的《我的村庄我的湖》算是其创作历程中的一项"重大工程",这一工程在我看来是成功的。祝愿他能以此"重大工程"的成功为标志,成为一名成熟的散文作家,同时,也以此为新的起点,写出更多更好的作品。

是为序。

2024 年 4 月 29 日星期一

(作者为江苏凤凰传媒编审、著名散文作家)

目 录

湖边小村

记不清从什么时候开始,我常常梦回故乡。也不晓得什么缘故,梦里的故乡——那座小小的村庄,竟与我土生土长的地方不同。

梦中它隐在崇山峻岭之中,要爬很陡的山,走很长的路,方能进去。进村的山道很窄,窄得像是山坡上的一条粗线,容不下两个人并行,对面来人时,只得侧身。

小路两旁长满荆棘,白色蔷薇点缀其间,这边一簇,那边一簇,蜜蜂在花蕊上飞舞。荆棘在空中交错,形成一道道绿色拱门;拱门向前延伸,延伸出一条绿色隧道;隧道看不到头,细碎的阳光洒进里面。人行其间,遇低矮处,不能直身,得弓背弯腰,然后拾级而上。

村子峭立崖壁,三面悬空,一面靠山。云雾缭绕之间,可见黛瓦粉墙。村中房屋随山势起伏,错落有致,分好几个层次。这是一个大山深处的小村庄。

不知为何,梦中的故乡在大山深处,一个远离尘世很远的山沟里。

其实,我的村庄不在山里,而在水边,在一个水面宽阔的湖边。

曾经听人说过村庄的来历。

很久很久以前,长江沿岸有四大泽国:洞庭湖一带的云梦泽,鄱阳湖一带的彭蠡泽,石臼湖、固城湖一带的丹阳泽,太湖一带的震泽。

这四大泽国,犹如长江巨龙腾飞下挂着的四颗明珠。我的村庄,一个棒槌形的小村,就镶在丹阳大泽这颗明珠旁边,嵌在固城湖北边一个湾口里。

古丹阳大泽时,水天泽国,烟波浩渺,无边无际。经年累月,泥沙在水阳江和青弋江下游堆积、沉淀,丹阳大泽西边渐渐生出一些三角洲、洼地和浅滩。汉代以后,兴起大规模的围湖垦荒,人们向湖滩要田,从湖田打粮,烟波浩渺的丹阳大泽收缩得越来越小,最后湖面仅剩下原来面积的十分之一。古丹阳大泽名存实亡,只留下两个分隔开的湖泊:固城湖和石臼湖。

我的村庄,毗邻一个叫靠山背的村子。其实靠山背村没有山可靠,开门见湖,隔着固城湖,能见到邻省安徽宣城的十里长山。也许靠山背的命名人当时想到中生代燕山运动之前,这里周围山峰林立,有山可靠。只是后来地质运动,山下沉而没,变成一片泽国,而下沉断崖的北边成为一片丘陵。

我的村子就在湖边那片丘陵山岗上,村名叫潘村。

奇怪的是,名叫潘村的村子里,竟然没有一户人家姓潘,除了几户姓朱外，全村都姓赵，据传是南宋宗室赵良效之后。村里祠堂门前的楹联上写道："宋室源流分汴水，清时雨露满江南。"

村子东高西低，落差几米。

村内，有绿树、晒场、房舍、村巷、水塘。

村中有三口水塘，呈"品"字形分布，每个水塘都有铺设着青石板的水埠，其中，村中心的麻塘水埠最为讲究，一边还有四档台阶上下。多年来，村子里的人们在水塘边的水埠上淘米、洗菜、洗衣裳，那些青石板被岁月打磨得光滑发亮。

村外，有六口水塘如项链似的环村分布：麻塘、重阳塘、吃水塘、葫芦塘、生鱼塘、雁窝塘。这些水塘的名字，各有来历和说法，譬如：生鱼塘里的鱼，取之不尽；雁窝塘里的芦苇上，大雁在上面停留歇脚……

村子内，水沟像蜘蛛网似的分布。它们四通八达，纵横交错，其中两条如同主动脉贯穿全村，而每家每户屋檐下的细小水沟，像毛细血管一样布满全村。

村子东边，是一片果树林，有柿树、梨树、桃树，还有竹林。杂树和细竹子组成"几"字形树篱，将果园围成一个绿色世界。

每天，太阳从村东边的南北走向的渠道埂上爬上来，又从村西边的枫香树的枝丫中间落下去。

村子外，各种庄稼在田野上四季更迭，循环往复。

村子不大，只有三十多户人家，但却鲜亮，温暖，幸福。

行走在小村庄，每一步，都是成长的足迹；每一步，都刻录着一段记忆。

村庄的眼睛

　　站在村口翘望。

　　放眼西南方，目光越过固城湖，只见那边枕山带湖，十里长山蜿蜒绵亘。天际线尽头，几座小山各自独立，间隔开来。其中一座山的山脚下，有个叫红杨树的村庄，村口一棵红杨树，荫蔽了半个村。

　　那棵红杨树，有一个传说。

　　据说，山脚边的村子里有一个樵夫，天蒙蒙亮便上山去打柴。一天在村口见两人在青石板面上下棋，他觉得好奇，上前观望，不觉被棋路吸引，放下肩上那根红杨树的木质扁担，立地支撑。可棋局反复起死回生，始终下不完，后来樵夫依着红杨树的木质扁担迷糊起来，一觉醒来，下棋的人早已不见。却见那根红杨树扁担，长成了一棵参天大树——一棵枝繁叶茂浓荫蔽日的红杨树。

　　原来，樵夫偶遇仙人，沾上了仙气。

　　我的村子，没有散着仙气荫蔽村庄的神树，但有一棵上百年的枫香树，十几米高，挺立在村口，不知道历经了多少风雨雷电。大树底端,半边腐朽出一个容得下两个人的大窟窿,窟窿里的木头经风沐雨,透着沧桑,潮湿的地方长着苔藓。大树另一半躯干支撑着整棵树的生长,像个受伤的巨人。这棵古树,枝干遒劲而苍白,沟壑间染着浓厚的色调,历经无数闪电霹雳,仍顽强地向上生长。

枫香树在沿湖周边小有名气。当年,固城湖仍有载客轮船通航,人在船上,船在湖中,途中想知道航行位置,找坐标就看岸上,这时枫香树是独一无二的参照物。

那棵枫香树独自在小村村口,像村庄的眼睛,注视着村子和周边的一切。

它看着村子里低矮的房子构成简单的巷子,一条东西方向的横巷子,一条南北方向的纵巷子,横巷子长,纵巷子短,纵巷子的长度只有横巷子的一半。

它看着村子里房子的变化,先是土坯茅草房,后来是低矮的青砖瓦房,后来变成开斗青砖瓦房,再后来变成红砖平房、红砖楼房。

它看着村子里的人扛着锄头从田间归来,又挑着一副担子出去。

它看着田野里的四季轮回,看炊烟袅袅、老牛暮归、狗与狗在田埂上嬉闹打架。

它看着村里一户人家慌张地把竹床扳倒,铺上稻草和棉被,扶病人躺下,抬上后一路小跑,送到公社医院。

它看着奶奶抱着孙子,暮色时分,站在树下,翘首而望,口中念叨着"怎么还不回来呢？怎么还不收工呢？小乖乖饿得很了！"等待孩子母亲从田间归来，给孩子喂奶……

它也看过我小时候的一个恶作剧。

那时，枫香树上有一个大鸟巢。一次，我和表哥心血来潮爬上树。喜鹊惊恐万分，在附近树枝上飞来飞去，叽叽喳喳，像是警示，又像是咒骂。我俩不理会，只想看鸟窝里有没有鸟蛋。没找到鸟蛋，我俩又看中筑鸟巢的干树枝，不管三七二十一，拆掉鸟巢，扔到树下，自以为弄到了许多柴火。

有长者在村口的田里干活，看到后高声痛斥："你们这俩小鬼，赶紧下来！滚回家去！让家里大人好好管教管教，都上屋揭瓦了！"

拆掉鸟窝的干树枝，做柴火足够家里烧上一两天。我抱回家，丢在灶门口，怕被大人盘问，转头就往外跑。

村口大树静静矗立，默默注视着我俩的淘气身影，似乎也看到了我俩的愧疚。

大树，依然像村庄的眼睛，注视着一切，见证着一切。

果树之间

枫香树下,是村里的晒谷场。

晒谷场挨着一大片果园——柿树园、李树园、桃树园,三个园子连成一整片,中间有条过水渠道。

推开栅栏门,几十棵柿子树一排排地站立着,树干相交,绿荫匝地。我们这些孩子像垂挂的钟摆,在树上摆来荡去;又像长臂猿一样,从这棵树摆到那棵树。

玩累了,就躺一躺。不过这个"躺",有点难度。选一棵长着"丫"字形树干的树,躺在上面,背朝大地,跷着二郎腿,看近处巴掌大的嫩柿树叶,望瓦蓝天空里的白线条。有时为了显摆,像玩杂技一样露几手平衡。偶尔也会猴性十足,在树干上像走钢丝般行走。

难怪奶奶看到我在树上耍花样,心就会悬起来,担心我一不留神,会跌断胳膊跌断腿。她常念叨:"河里淹死会划水的,树下跌伤会爬树的,小心啊!"

我们这帮小鬼头子们,态度诚恳地接受和保证:"晓得,晓得啦!"但转过身,不知忘到什么地方了,改不过来,屡教屡犯。

奶奶恨铁不成钢，只能唠叨："不听老人言，吃苦在眼前！你们这帮小家伙啊，整天在树上蹿来跳去，跟猴子有什么两样？就差长个尾巴了！"

我们把大人的话当耳旁风，依然双臂吊在低垂的树枝上摇晃，身体像钟摆一样，悠然自得。

果园里，数柿树高，清一色几米高，树枝粗壮，一排排长到四米开外。树下空间宽敞，我们在这里穿梭奔跑，尽情玩各种游戏。

柿树上的知了叫个不停，我们就找一根竹竿长篙，抓一把小麦粉，调成糊状，涂在竹竿顶端黏知了，黏了一个又一个。

那天，发现一个马蜂窝，窝中不时飞出金黄与乌黑相间的马蜂。也晓得不能直接乱捅，但按捺不住好奇心和冒险冲动，忍不住一探究竟。几个人自作聪明，派勇敢的小扁头"出征"当英雄好汉，先给他稍微化装，再给他戴个草帽，做好简单防护后，把顶端绑着火把的长竹竿给他，让他去烧马蜂窝。其余几个小伙伴躲在远处观望。

谁知道火把还没到马蜂窝，就飞出成百上千只马蜂，小扁头吓傻了。

"小扁头，快跑！"躲在边上的小伙伴见状撒腿就跑。

小扁头拖着竹竿，不知以怎样的姿势和线路逃跑。

"竹竿扔掉，跑，跑，使劲跑！"

小扁头还是没能逃脱，头上和身上没保护好的地方，被马蜂蜇得不轻，立马出现许多红色肿块。

"早知道这样，就不该去，是谁说要点火把去烧这么大的马蜂窝？"小扁头有些埋怨。

几个小伙伴纷纷充当事后诸葛亮："那么大的马蜂窝在那里，终究不是个事，早晚是个祸害，我们常在那里玩耍，弄不好就会被叮咬，应该用石头把它打下来。"

眼下顾不上蜂窝，几个人躲到果园的梨树下，帮小扁头疗伤。小扁头忍着疼痛，躺在青草地上，几个人找到奶浆草后，堆到小扁头身边，掐断茎干，把茎干冒出的白色浆液涂抹到被叮咬的红肿处。每次涂抹，小扁头都"哎哟，哎哟"呻吟。真是没想到落得这样的下场，为一时的心血来潮，背负一身疼痛。

一堆奶浆草涂抹完，他的疼痛得到些缓解。

坐起来，才发现眼前长着许多一年蓬。一年蓬个头不大，但开得旺盛，似撑开无数把雪白的小伞，一簇簇一片片，高高低低，像波浪起伏的白色花海。风吹过，一年蓬像一群撒野的疯丫头，你推我搡。

在草地上打个滚，爬起来，几个人开始玩其他游戏。拔几根胡琴草当草箭，拿在手中，在嘴唇上抹一点唾沫，然后"嗖"地一下掷出去，看谁能击中前方黄豆秆上的叶子。谁击中的次数多，谁的手法就好，以后玩牛皮筋弹弓，包着石子打麻雀或其他飞鸟，就让谁先打。

一年四季,果园里花开花落,从桃花粉红色一片,到梨花雪白成云,再到柿树花金黄,花开花又谢。

树下的日子,过得飞快,一不留神,就踏进深秋。

柿子树叶由青色渐渐变得斑斓,一树的柿子又挂出许许多多小红灯笼。之后,树上的叶子慢慢掉光,只剩下乌黑的树干刺向天空,迎候西北风。

不久,西北风带来了一季冬景,冬天在果园里蔓延开来。

树篱

果园边,葱郁的树丛构成一道树篱。

长长的树篱,有许多乔木:朴树、乌臼、乌饭树、刺槐、青桐、苦楝。这些乔木从树篱丛中挺拔而出,使树篱高低错落,层次分明。比如,巨伞一样的青桐,虬枝横溢的乌臼,像瞭望塔般矗立。

树篱旁的藤本灌木,这里一簇,那边一团,鹊梅、金银花、野蔷薇、紫藤……开花的、带刺的、绿色的、粉红的、淡紫的、金黄和雪白混色的,煞是热闹,尤其是春天和秋天,更是喧闹。

不同树有不同的性格,但都在这条长长的土丘上共处相生,因为它们的根在这片泥土里纠缠在一起。

瞧,那棵伸向天空的连体朴树,结出了嫩青的朴树籽。那是自制竹筒玩具顶顶枪的"子弹"。小伙伴们聚到一起玩耍,用它打出"啪嗒、啪嗒"的清脆声响。

据说在那棵连体朴树上还发生过危险。

村里耕牛犁田的老把式,小时候也爱玩竹筒顶枪。他爬上那棵朴树,脚踩树枝,采摘朴树果子,没承想,树枝"咔嚓"一下断了,他从几米高的树上摔下来,不省人事。闻讯赶来的人们把他抬到晒谷场,用小孩的童子尿灌饮,土法抢救,几经盘弄,他才缓过来。多少年过去了,人们叫他,总喜欢加个前缀——摔不死的。

农历四月初,村子里几个裹着小脚的婆婆们,三五成群,围着那几棵乌饭树采摘鲜嫩的树叶。树叶拿回家洗净,捣汁浸米,乌米饭就有了指望。

每年农历四月初八,村子里的人有吃乌饭的习俗。这个习俗源于孝子目连的传说。

传说孝子目连修炼成道后,得知母亲刘氏因生前犯有过错,死后被打入地狱受苦受难,心里很不安。他担心母亲在地狱吃不饱饭,就托仙道给母亲送去白米饭,但每次饭刚送进去,就被饿鬼们一抢而光。目连想出个法子,将一种能做出乌黑浆液的树叶采来,捣汁浸米,做成乌黑的米饭,再给母亲送过去。饿鬼们不识货,以为不可食用,不再抢饭,目连的母亲从此不再挨饿。

乌饭是美味米食。每年春季,乌饭树吐新芽时,村里就有做乌饭、吃乌饭的习俗。

做乌饭并不复杂,将乌饭树叶采摘来,清水洗净,切碎捣烂浸入水中,同时将淘净的糯米用纱布包好,也投入水中浸泡一夜,第二天早上捞起,蒸熟即可食用。乌饭色泽乌黑发亮,入口有一股野草的清香。

果园中间有一条灌溉水渠穿过,两岸油桐树相向生长,枝叶簇拥,树枝交错,遮蔽着天空。

当时,油桐果子晒干榨油,桐油可用来油漆各种木质农具,如耕田的曲辕犁,还有木船。

油桐花开时,白色的小花苞,花瓣白里透出红丝,红丝从花蕊放射出来,配上嫩嫩的新叶,煞是可爱。

油桐果子未成熟时,挂在树上好似绿色的小灯笼。我们这些小伙伴在光滑的油桐树上爬上爬下,有时模仿电影场景,演练敌军和我军开仗,会把油桐树的果子当手雷玩。

一段段树篱,高高低低,波浪起伏,绵延向前。

大树边,鹊梅、金银花、野蔷薇、紫藤……藤蔓依附着树枝,嫩绿的枝叶爬上树干,争阳光,抢雨露。也许是金银花,也许是野蔷薇,谁先攀到树顶,谁就横向生长,铺展开来,繁茂自己的地盘。而大树看上去像披着绿色斗篷的骑士。

起风了。树梢、树冠,一会儿被按下去,一会儿又扬起来,这时树又像个战士,被吹得躬下腰,又挣扎着挺立起来。

绿波起伏,树叶沙沙。尽管能感觉到树梢的颤动,抚摸过树干上的伤疤,但怎么也读不懂树与树之间、风与树之间的语言。

果园小动物

鸟 儿

树篱和果园是鸟儿的天堂,也是鸟儿的聚会场所。

瞧,那只站在树顶上东张西望的鸟儿,是麻雀中的信号兵,它站在那站岗放哨,叽叽喳喳,报告着周边情况。一有风吹草动,它"呼啦"一声,带着其他麻雀飞向竹林里,钻进树丛中,其他鸟儿也跟着飞往别处。

麻雀飞走了,过一会儿,斑鸠、喜鹊、伯劳……时不时过来登场,演绎它们的剧目。

先登场的是斑鸠。它褐色羽毛、灰褐色头颈,"咕咕,咕咕"叫个不停。

之后登场的是喜鹊。喜鹊全身黑色,线条流畅,翅膀张开飞行时,现出一大块白斑,黑白分明。人们说,喜鹊枝顶叫喳喳,定有好事或贵客临门。可能好事和贵人与喜鹊有着某种关联吧。

那天,一只喜鹊在乌臼树上叽叽喳喳地叫。过了好一会儿,另外一只喜鹊从别处飞过去,树梢的那只喜鹊也跟着飞走。原来它在那里叫了半天,是在呼唤它的伙伴。

后来一群白头翁飞来,在树枝间跳来跳去。它们叽叽地叫,是在议论哪棵树上的果子甜,哪棵树上的果子酸,哪棵树上的果子没有一点味道吧?

再后来,八哥、乌鸫、竹鸡……相继在这方天地登场亮相。

刺　猬

一场新雨后,桃树下的苔藓像绿色的地毯,蔓延成一大片,走在上面没有一点声响。睡醒出来的刺猬,小脚丫子在地面走走爬爬,听不到动静,就小跑似的往前冲,一见到人,立马蜷成一个刺毛团子,缩在那里,一动不动。一个调皮的孩子,找一块碎瓦片或者一根树枝丫捅它,笑话它:"怎么赖着不走了呢?"然后,像踢足球那样,踢它打滚,赶它走,让它回家。玩够了,孩子假装离开,躲在大树旁边,看刺猬打开蜷曲的身子,一瘸一拐地钻进竹林。

蛇

竹林里,有时会发现长长的蛇皮,缠绕在竹子上。有人说,这是蛇出生时留下来的。

没见过蛇是怎么出生的,拿着蛇皮想不出个究竟。

后来听人说,蛇妈妈怀上小蛇,一胎里会有许多小蛇,小蛇在妈妈肚子里,蛇妈妈像孕妇一样挺着个肚子。等到时机成熟,蛇妈妈在一个温暖湿润的天气,选中一个刀砍过的露出地面的竹子尖,从刀锋一样的竹尖处划过,剖出小蛇,最后留下蛇皮。不过,从捡到的蛇皮来看,怎么也看不出曾经有划口子的痕迹。长大后,我才知道蛇并不是胎生。

黄鼠狼

黄鼠狼给人的印象好像总是鬼鬼祟祟的。遇到人,黄鼠狼会稍微停顿一下,盯着人的举动,趁人不注意,蹿过去,匆匆忙忙,一溜小跑,使人觉得,除了找机会抓鸡吃,大概还有其他什么事情需要它去忙碌。

獾

獾的头上有三条白色纵纹,常常在地面上嗅了又嗅,又机警地抬头看看,张望四周,然后,抬起它的两只脚,贴着地面而去。

我没有见到过,只知道村子里的果园里,有獾出没。

长辈夸奖别人家长得肥胖的宝宝,会用夸赞的口吻说:"哎,这个小家伙长得好,白白胖胖的,像獾一样。"

獾白天睡觉,夜里出来活动,它的出没与我们的作息有时间差。它未曾干过什么坏事,不曾撞倒一棵树,不曾糟蹋一片庄稼,更未曾伤害过人。至今我没见过獾。

野　兔

在果园边的坡下,有一条细细的小溪,几个孩子在小溪边筑水坝玩,还用泥巴捏出许多小动物、树,也捏泥人。

突然,"砰!砰!"两声,果园隔壁的坟场传来枪响,两个猎手端着猎枪,从树篱空当处钻出。猎物被吓得不知躲在什么地方。他俩用枪杆掠过树枝密集的地方,故意弄出动静和响声,驱使猎物现形。一只野兔惊恐地从树丛中蹿出来,想逃到溪边,看到这边有人,一个急刹车,紧急掉头。

两个猎手,判断出野兔狂奔的线路,包抄过去,紧追不放。"砰!砰!"又是两声,其中的一枪击中要害,野兔落地而亡。

一个猎手夸赞另一个猎手:"漂亮!"

却没想,他的一声"漂亮",野兔一家却遭了殃。

柴火

秋风起，果园里的树叶成了一块不断翻新的调色板。油桐树叶由绿变黄；刺槐树叶没怎么挣扎，秋风一吹，只剩光秃秃的树干；乌桕树叶颜色变化最多，赤橙黄绿青蓝紫，各种色调展示个够，才飘飘坠落。

这季节，几场秋风，叶片从树上纷纷飘落，背一个割牛草用的大竹背篓，去果园里拾柴火。一把柴火，捅进灶膛，温暖一屋子！

那时每家每户的主要柴火，不是树叶，也不是干树枝，而是稻草和油菜秸秆，都是由生产队按人口和劳力所得的工分进行分配，所以，每家每户都有柴草阁楼，门前也有几垛柴火。

集体分得的稻草和油菜秸秆，往往不够烧，人们就想法子自己添补。

树叶和树枝只是补充的柴火中的一种。不少人从田埂上打茅草，茅草晒干了，也是灶膛里的好柴火。

柴火缺口大的人家，还得在农闲时，起早贪黑到山里打茅草，一般是几户人家约好一起去。

柴草空缺实在大的人家，还会盯上牛粪，抢着去收集。牛粪挑回家，在墙壁上贴出一个一个的牛粪饼，晒干用于瓦壶烧水。

门前那几个柴火堆，放在墙脚跟边，晒过太阳，躲过雨水，风干了那么长时间，最终进入灶炉之中，化作一团烟火。

稻草变成草木灰，树枝树丫变成灰炭，那牛粪饼烧得轻飘飘的，除了一缕烟丝，什么都没剩下，偶尔有点淡淡的青草味。

泥屋

衣、食、住、行，不可或缺。其中，住——房屋，往往耗费了村里人一生大部分的心血和精力。

房屋，是人外化的躯壳，大小不同，形态各异，分布在村子的各个角落。

村里人的"住"，从泥屋开始，泥屋由土坯堆砌而成。泥屋中有生活家当，如每天生活都离不开的水缸、米缸；有劳动工具。除此之外，泥屋还有蜜蜂，在土隔墙里……

土坯

如果连续几天不下雨，艳阳高照，就适合打土坯。

在果园边山岗荒地里，扒足够的黄泥土，用锄头敲碎，晒干。重新归拢后，堆成圆弧状，中间低，四周高，挑水浸泡。等细土吃饱水，赤脚进去踩泥巴，泥巴踩成干糊状，一边搅拌，一边添加些大麦壳，增加泥土间的张力。这样不停搅拌，泥巴变成制土坯的熟料，待用。

整理出一块平地，摆放长方形土坯木模，用平头锹铲上一锹土坯熟料，用劲一抖，将软泥巴放进木模框中，双手把泥巴压实，然后双手过水，在木模上朝相反方向摊平，去除多余的泥巴。下一个土坯像前一个那样制作。这样，一列列一排排的土坯就做好了，等待风干。为防止小动物爬上土坯留下坑坑洼洼的脚印，有人挑稻草过来，捆扎，组成一个围挡。

风干的土坯，削去毛边，堆放起来。表面再盖上一层稻草，压上小石块和木棍，乍一看，俨然泥屋的雏形。

土墙

泥屋地基，四角用木桩定点，石灰放线。一旦地基墙基槽开工，远亲近邻都放下手头的农活前来帮忙。

有挖沟槽的，有打夯的，还有敲碎瓦片垫墙基槽的。石匠和泥瓦匠用大青石块砌出一圈墙体底层，然后一层一层地夯土墙，最上面几层用土坯砌平，梁架椽子做出屋面，土墙看起来简单古朴。

房梁

杂树柱子，杉木房梁。

盖房子，家里会请木匠师傅，还会借用邻居家的屋子做场地（木匠工作间），锯木料，做卯榫。这期间，斧头和凿子敲得咚咚响，推刨推得嘘嘘叫。

有时大人让我去木匠那里装些刨花做柴火。我去了木匠干活的场地，就忘了大人交代的事，待在木匠师傅身边，看木匠师傅的手艺。

木匠师傅半蹲着身子，弓箭步或扎马步，双手使劲往前一推，一卷一卷的刨花从推刨口里徐徐吐出来。没多久，长凳底下就有一大堆刨花，散发着原始的木质清香。

从刨花堆里，挑出几个品相好的刨花，特别是那种微微卷了几圈，中间带几条金丝木纹条的刨花。拿起来架到鼻梁上，比试两只眼睛的宽度，然后从刨花当中抠出两个小孔，将卷曲的两端戴到耳朵上。

然后，像戴着眼镜一样，装模作样地看这看那。走到师傅和其他大人身边，看他们忙碌的身影；抬头望屋顶上透进来的光；在堂前看窗外景致；走到门口，张望门外的大千世界。或者背着手，在屋子里走来踱去，装作一副沉稳的样子。这时师傅叮嘱说："走好了，走路不要绊倒。"

那时心思不在师傅的话上，只觉得心里美滋滋的，似乎戴上了老先生的眼镜，成了有知识有学问的人。

当屋子墙体、柱脚和卯榫结构的骨架搭建好了，便择一个吉日良辰上顶梁。

建房最隆重的仪式，是上梁。事先选定日子，日子定好后，亲戚肩挑手提，送来团子、馒头、糖果、爆竹等礼品表示祝贺，礼品中放上少许柴和米，寓意住进新房，有柴烧，有饭吃，吃穿不愁。上梁时，在堂前挂"紫微星"或"太空图"，将正梁摆到堂间，贴上用红纸写的"文昌到宫""紫星高照"等条幅，并在两旁柱子上贴上"竖柱适逢黄道日，上梁正遇紫微星"的对联。时间到，进香，木匠师傅和泥水匠师傅走上前，递酒，祭梁，说着祝福语，然后两人相互作揖。礼毕，木匠从东边登梯上屋架，泥匠从西边登梯上屋架，边登高，边说节节高、年年好这类吉利话。登顶后，一人一根绳子，将正梁接上屋架。

这时，爆竹响起，亲友邻居纷纷跑来看热闹。泥匠师傅和木匠师傅将正梁架上中柱，对好榫头，从腰间抽出一把刻着"黄金万斗"的木槌，两人抢起木槌，一边敲正梁两头，一边连珠炮似的说着讨彩头的话，既有常见的吉祥话，也有临场发挥的顺口溜。他们要把村里人一生中的盖房大事办得风光热闹。

正梁敲实后，撒上梁团子。有的团子里包着硬币，谁抢到谁吉利。上梁师傅手捧箩筐，把亲戚们送来的团子、馒头、糖果等撒向四方，一时人声喧哗。

屋面

屋面铺上一张张芦苇席，再从檐口底端开始铺稻草。屋面上盖草的师傅将一束束的稻草捋顺，铺开，确保雨天水流顺畅，不漏雨。

屋下几个人是二传手，把一捆捆稻草传送到屋面，铺完后，拉上草绳来固定。

屋子不高,最低的屋檐还没有一个人的个头高。边上栽上南瓜,藤蔓就攀在上面。

泥屋

泥屋简陋,但生活功能样样齐全。

大门推开,一边是鸡笼,鸡笼上用泥土砌个炉子,可以烧水;堂前四仙桌,高桌子,低板凳;两边两个房间,房间用土坯隔层,上面是柴草阁,堆放麦秸秆、稻草等;南边里屋是爷爷奶奶的房间;灶房的灶台边有一个碗橱,上面摆放菜碗,木门开关,下面盛放空碗;碗橱底下,是一个大水缸,半截埋在土里;还有个米缸,在灶房与爷爷奶奶房间的隔墙边。

堂间的梁上,挂满锄头、钉耙,还有一架泡桐树梯子。

灯盏

火柴头划过火柴盒边上的黑色擦火皮,"扑哧"一声,燃起一根火苗,点着堂前那盏挂在隔墙上拳头大的煤油灯(淡黄色的表芯纸做灯芯,玻璃瓶盛煤油,铁皮挂钩,铁皮灯柱),整个堂屋就亮了起来。

煤油灯的小火苗被风吹得左右跳动。奶奶抱来棉花,拿出光滑细长的竹棍,裹上棉花,从四仙桌这边滚搓到那边,滚出一根根雪白雪白的棉条,放到纺线用的篮子里。

我学着用竹棍滚搓棉条，虽然成形，但过于紧绷。摇车纺起线来，经常断线，需要停下摇车，双手接上线头。这样折腾好一会儿，耽误纺线。

奶奶说："棉花团子搓搓，搓出一根根的棉条；棉条一根一根摇摇，摇出长长的线条；线条上织机织织，织出长长的布头；一块块的布头做出好多好多衣裳，一块长长的布头也能做成被单被面。棉花头啊，它牵着人的心。"

滚好的棉条，搓好的棉条，放到摇纺车旁边，奶奶把小煤油灯从桌子上方端下来，挂到摇纺车的那支铁钉上。借着灯光，奶奶一手摇，一手往后提线，身体往后倾斜。棉线越纺越长，变成一条看不到尽头的长线。

纺车不停地转，棉条拉出的那根绵绵细线，缠上锭子，渐渐变成一个大大的纺锤体。就这样，一根根棉条纺成织布的棉线。

夜，很静。只听见奶奶纺车转动的声音，有节奏地在煤油灯下响，我听着听着，就进到梦乡里去了。

奶奶每晚纺线到什么时候，我只能在梦乡里知道。

后来煤油灯改良升级了，叫罩子灯（带玻璃罩的煤油灯），盛煤油的底座，像个玻璃奖杯；灯柱有四个白铁支架；玻璃罩像腰鼓；灯芯用棉麻细线做成，通过旋转上下位置，可以控制火苗大小。

农忙时节，家里大人有时天黑以后才能回家，我们就把那盏罩子灯放在堂前的桌子上，把火苗拧到最小，留着微弱的光亮,等候大人归来。

再后来,有了电灯,家里装上两盏灯,一盏装在堂屋和爷爷奶奶房间的隔墙上,另一盏在架梁底下。一根开关线,接得老长,连在爷爷的床头上。刚装上电灯的那几天,我攥着开关线拉开关,听着开关"啪嗒,啪嗒"的响声,看灯亮、灯灭、灯亮、灯灭,就像人眨眼睛似的,感觉好玩极了。

隔壁"五保户"的大爷和大妈,在夜幕降临时,看到前面人家的灯亮了,大妈问大爷:"人家的灯亮了一会儿,咱家的电灯泡怎么还没亮呢?"大爷也疑惑,想了一下,很有智慧地回答:"不急,灯光从那边走过来,可能需要些工夫,还没到咱家呢。"

水缸

家里的日常用水,是从后门的重阳塘用一只小木桶拎回家的,可以直接使用,也可以烧热后再用。

饮用水一般到村边吃水塘挑,挑回家用水缸储存。大人到吃水塘挑水,大木桶两三担,水缸就满了。

我挑水用小木桶,四五趟来回,才能挑满一缸水。后来鸭子在吃水塘里游荡,再加上洗衣皂粉弄脏了水,就不再到吃水塘取水,改到邻村的一个水塘里取水。满水期,把小木桶放到水中,舀一下,用力一拽,就提上岸,然后两桶水用扁担挑,扁担架在肩膀上,走路时我双手前后扶着,尽量不让水桶晃荡。

秧田和稻田的灌溉用水也从塘中取。抽水机抽水时,塘中的水位立马落了下去。站在岸上打水,挂在扁担头上的水桶够不着水面时,就赤脚下到水塘。顺便捧上喝几口,那里的水甜甜的。

那时,听说了田螺姑娘的故事。单身小伙子为财主打工,家务没人照料,记不得什么事情感动了田螺仙姑,田螺仙姑藏在小伙子家的水缸里,无人时出来,每天为小伙子烧饭、洗衣、做家务。我们很是羡慕那个为财主打工的小伙子。

有一次,我在塘边的软泥里发现两颗大的田螺,抠起来,洗干净,放在小木桶里,和水一道挑回家,之后把田螺养在水缸中,奢望有朝一日能有奇迹。

米缸

半人高的米箩缸,上下收拢得有些窄,中间鼓鼓囊囊的。

稻子在碾坊加工后,用扁担挑回家。扁担两头各一只稻箩,一只装米,一只装糠。

糠,放到猪圈;米,放在堂前。

捧起稻箩里的一捧米,手指松开一条缝,白花花的米就从指缝中流泻出来。玩够了,把米过一下筛子,剔除碎米,白净的大米就装进米箩缸里。

做饭时,用一个带把的搪瓷茶缸计量,从米箩缸里舀出大米,到屋后塘中淘洗,挑出沙子,洗好后,拿回家。淘米的竹篾淘箕一路都在漏水,漏出的水在地上连成一条线,从水塘口一直延伸到家里灶台。

俗话说:人是铁,饭是钢,一顿不吃饿得慌。日复一日,米缸里的大米高度渐渐降下来。家里土粮仓如有稻子,就挑去村里的碾坊,然后用碾好的米续到米缸。米缸浅了加满,加满了又浅下去。

每年青黄不接的时候,米缸快要见底了,奶奶就思忖着,哪家余粮会富裕一点,哪家跟自家关系比较好,然后拎个竹篾箩筐,出去借粮。等到夏粮收上来,就用新米还人家。

"什么时候,吃饱、穿暖不用操心,那就好了!"那时奶奶常这样说。

蜜蜂

春天来了。

蜜蜂在泥屋外墙和屋内土坯隔墙上,建造了许多蜂巢,蜂巢在墙壁上像一个个战机防空洞,蜜蜂飞进飞出,忙忙碌碌。

从田野割猪草回来的小男孩看到蜂巢,用细竹篾、细树枝或火柴棒,沿着洞口,轻轻伸进去。碰到洞中的蜜蜂,小男孩撤出工具,盯着洞口。被捅到的蜜蜂慢慢爬出来,可还没有站稳,便被捉进火柴盒中。小男孩连续掏上几个小洞,火柴盒里就满了。小男孩合上火柴盒,拿着到处显摆,在这个眼前晃晃,在那个耳边听听,不亦乐乎。

布谷鸟来了

"布谷,布谷,快收麦谷! 布谷,布谷,割麦种禾! "

布谷鸟来了,它一路飞着,一路放歌。

田野里、村庄里、树林里,布谷鸟飞来飞去,唱个不停,仿佛在提醒,也像在宣告新时令的到来!

布谷鸟声,清脆流畅。

每当布谷鸟飞来时,村里人知道,一年一度的农忙来了! 农活像排着队,等着人一件一件去做。

大清早,我拿把磨好的镰刀,戴上一顶颜色有些发暗的草帽,去麦田割麦子。

割过的麦茬像针一样。为了不让麦茬戳到脚,我靸一双扔在鸡笼边许久没碰过的破旧布鞋。

把麦子放倒,一行一列地平铺在田垄上,晒上几天太阳,等干得差不多,就捆起来,再用扁担挑到打谷场。

大人一趟能挑十二捆麦子。我力气小,只能挑大人的一半,每趟挑六捆,几趟下来,扁担从肩膀这边转到肩膀那边,又从肩膀那边转到肩膀这边,脖子后面和肩膀都磨得血红。

麦场打麦以妇女为主，她们排兵布阵似的分成两组，一组向前，一组退后，就着铺在地面的麦秸，齐头并进，连枷高举，空中转动，落地啪啪作响，急风暴雨般，打在铺地的麦秸上，震得地面都发颤。

年幼体弱的，负责辅助，跟在连枷后面，用竹竿伸进打过的麦秸中，迅速翻面。

麦子脱粒干净，麦秸垛成垛。麦收的事，算结束了。

这时能不能休息一下？

怎么可能，哪里有休息的时间？油菜田那边的活儿一点不少，跟麦子活儿差不了多少。

总之，十几天下来，接连不断活儿，把人累得胳膊、腿、腰都酸疼酸疼的，有时起身，一下子直不起来，得慢慢站立起来。

每当抱怨腰酸背痛，大人总是说，小孩子哪里来的腰，睡一觉，一夜过去力气就回来了。

晚上，我在油灯下，望着手上被镰刀把柄磨出的几个水泡，想起电影《决裂》中的一个片段场景：

一个老教授在课堂上拖着长长的腔调指着教学模型，念"马——尾——巴——的——功——能——"。

一个乡村来的年轻兽医没念过书，不识字，站在报名的地方不肯离去。

老教授对小伙子不屑一顾，认为当兽医的小伙子没文化，没资格报名，不能上大学。

校长从另一边走过来，了解情况后，知道小伙子是个干活的行家，举起小伙子一只布满老茧的手，对在场的人说："没有资格上大学？我看，这双手就是资格！"

按照这个要求，我肯定没有资格去上那个"劳动大学"，因为我手上的水泡只是暂时的，过完一周的忙假，学校开学，我就不用干活了。我的手掌上终究磨不出密集的茧子，最多字写久了，中指上硌出一点硬块。

相比较而言，父母和爷爷奶奶有足够的资格上这样的"劳动大学"。

当然，也并不是所有的活儿都能把手上磨出老茧子，比如水田里的活儿，好像不磨老茧，不过，也不轻松，很累人。

"阿公阿婆，栽秧插禾；阿公阿婆，布谷布谷。"

这不，布谷鸟这个大地的精灵，仍在村庄、田野、树林一路飞一路歌唱，它在提醒：时令不等人！

时令意味着：插秧季节容不得一点耽搁，什么时节的大地接纳什么样的庄稼，逾期的秧子，只能长成稻草，结不出饱满的稻谷。

而农民也知道，一生稻田，稻田一生，他们年年岁岁，收割一茬茬的稻子；岁岁年年，稻子也耗费他们的人生。他们人生的大部分光阴都陪着稻子度过。祖祖辈辈，一直如此。

也许稻种有变化，种稻的人有更迭，但耕作程序不会变。选种，浸种，从陶缸里到一小块秧场，秧苗生长，再栽插到田野里的大片水田。

其实，布谷鸟没来之前，农活已经开始，村里晒谷场的仓库边，摆放着一排大缸，缸里是选种和浸种的地方。

选种浸种是个细致活儿。村里选稻种，浸稻种，每年都由村里的保管员专门负责，他是一个在田间地头与稻子打了一辈子交道的人，他懂得稻子，稻子也熟悉他。

村子里的人都叫他"老代表"，久而久之，他的名字被忽略了，喊他名字的时候，反而要停顿一下，想上好一会儿。

筛选好稻种，用几个大的"七箩缸"浸种，没几天稻种就出现米粒大的白芽点，渐渐地白芽点变出白芽，还没来得及在意它，就有了嫩绿色的芽。整个稻种开始生长，嫩芽向上长出箭叶，白芽点向下伸出细丝白须根，等待着去秧田。

秧田。

秧苗垄上的泥土，用平滑的木板来回一抹，平如桌面，这样一垄一垄的基础底床就准备妥当了。

村子里的播种能手"老代表"，高卷起裤口，端着装满种子的小簸箕，跨入有些寒意的水中，一步一步倒退着将稻种均匀地撒到做好的秧垄上。其他人随后用平头铁锹，一小块一小块地将种子轻轻嵌入软泥中，然后在表面撒上一层薄薄的草木灰。

整个过程像呵护一个初春诞生的婴儿一样，轻手轻脚，心情忐忑，多了怕捂着，少了怕冻着。

秧床一畦一垄,中间是水沟。

畦垄撒上稻种,细土草木灰护芽,草木灰遇水变黑。

站高处一瞧,水塘边的秧田里,有序排列着整齐的图案,一畦灰黑、一条水线,像绿色大地上铺着一幅巨大的蓝色印花布。秧苗嫩青了,印花布也活了起来。

晨光里,千万棵秧苗镀上金色,嫩青的秧苗叶上,顶着一粒粒的露珠。

那场景,说不出来的生动。

稻田。

村外,耕牛犁翻那些长满红花草的田,红花草翻起被泥土覆盖;小麦和油菜已收割,田地也翻过一遍。

土垡,晒、浸、碎。

等待一场雨,淋透土垡,田里再蓄上满满的水。如果没雨水,就得从田边的池塘里取水灌满,淹没翻起的土垡。

田里有了水,泥土中的蚯蚓就爬出来了,这时田埂上到处是蚯蚓。光着背的小伙伴赤脚走在田埂上,拎一个瓦盆火钵(一种提梁瓦盆,冬天烤火取暖用具),抓面条似的,一抓一把蚯蚓,放进瓦盆火钵,拿回家喂鸭子。

把水田的每一块泥块弄成细如米粉的泥浆,才好栽秧。如果泥块僵硬,栽秧时,手指头会受不了。

太阳还没出来,但村子、田野,已经早早醒来。

清晨六点十五分,广播喇叭中正播放《每周一歌》节目,江苏歌舞团歌唱家管惟俊演唱高淳民歌《五月栽秧》。

五月里来,是秧场,

村村栽秧,忙又忙。

哎……

十八个姑娘,来拔秧啊,

十八双秧篮呀,满满装啊。

十八个哥哥,来挑秧,

十八个姑娘,来呀栽秧,

哎……

巧手栽下千株苗哇,

精心育出呀,万担粮啊。

哎,呜哎,哎呜哎,哎呜哎,哎呜哎,

咦来……

巧手栽下,千株苗哇,

精心育出呀,万担粮啊。

哎,哎……

这是稻田的呼唤,这是大地的声音,这是江南水乡春天的劳动进行曲,这是这片土地上的人们对劳动的礼赞。

歌声在村庄内外飘荡。

村外田间地头，栽秧节目在上演。

一块又一块的水田，已经上满了水，耙好耖平了。水田像一面又一面的镜子，倒映着蓝天白云。

人们把一个又一个稻秧把子，抛向水田之中。

裤脚管高高卷起，挽到膝盖，赤脚走下稻田，双脚踩进泥水里，泥土松软如棉。

栽秧，先分趟。

秧苗的行距和列距是有要求的。人们拿出尼龙绳线团，沿着水田的方向拉开，一头插在田埂边，一头拉到对面的田埂边插牢。拉直的绳子略高于水面，两根绳子的间距由固定的尺子控制，这样两根绳子之间的水面就是一趟，以此类推，一根根绳子拉起，一趟趟地分好，就可以栽秧了。

栽秧熟练的人先下田，开启左边的第一趟，其他人从左往右依次排列过去。每一趟一行插六棵，也是从左往右的顺序，第一棵紧贴着绳子，然后均匀地分出六份。

栽秧的时候，左手握住一把秧苗，拇指、食指、中指三个指头紧密配合，剔出三四根秧苗；右手的拇指、食指、中指捏住秧苗，夹在食指与中指之间插进田里，就这样一剔一插，又一剔一插，左右手配合，连续不断。边栽秧，人边往后退，秧苗在水田中，人的眼前越来越多，"手把青秧插满田，低头便见水中天。"

秧田里，有不少蚂蟥。

一个新嫁到村里的媳妇，栽秧时感觉腿痒痒，发现几条蚂蟥叮在腿上，哭爹叫娘。她高一脚低一脚地跑到田旁边，等不及爬上田埂，连拍带打，弄下腿上的蚂蟥。

其他的栽秧人，有的笑，有的叫，有的不在乎，只顾干着自己的活儿。

有个喜欢说笑的人，看着金鸡独立拍打蚂蟥的新媳妇，一边栽秧，一边说起近日邻村的一件轶事。

邻村的某人，罗圈腿，双脚朝内，像唐老鸭走路，走起路来内八字，在狭窄的子田埂上，摇摇晃晃，勉强可以从几十公分的路面走过。

一天下午干活，腿骨跌伤，村子里的人急忙抬去医院接骨。接骨的郎中中午酒喝多了，照常手术，三下五除二，手术完事。

几日后，这人下床走路，发现原来的内八字变成了外八字，走成了卓别林式的步伐。重新诊断，发现腿骨接反了方向。他怕再吃苦，只好将就了。

这样，每次下地干活，遇到那些狭窄的田埂上，他一不小心，就踩到田里水中，两边的高窄田埂不敢经过，只得绕道而行。

作孽啊！

当然，不管发生什么事，栽秧的活儿是不能停的，还得继续干。

栽秧，简单重复之间，也有一种轻快的感觉，此时此刻才真正体会：土地是我们的立命之本。

这个活儿，有的人干得干净利索，手起手落，不带一点泥巴，不溅一点泥水，穿长袖白衬衫，栽完秧，走上田堤，衣服仍干干净净，不沾丝毫污泥浊水。就像一个娴熟的作者，写一手漂亮文章，通篇没有一点闲言碎语，清清爽爽，干干净净。

多数人没这本事，一场秧栽下来，弄得全身各处都是泥点，连头发也沾上了，似乎把干活的辛劳写在上面。

苦恶鸟在叫

从粮仓稻谷中筛选出稻种。

在一块水边的秧床上，把稻种育成秧苗。

然后，把秧苗移栽到稻田，开始它旺盛的田间生长。用不上几天，小秧苗从泥水中苏醒，原来歪斜的身子挺立起来。

再过几天，秧苗根部生出细细的白根，浅黄的秧苗返青了。从高处看，阳光洒到水田上，嫩绿的秧苗，一排排在水田上，水面泛着金色，整个稻田好似一幅水彩画。

这就是阳光下的稻田，是水稻田初始的模样。

丘陵地带的庄稼田，不是一马平川，而是多层次的，有高有低，有起有伏；有的是脊梁地，有的是平坦地，有的是洼地，规格形状不一，大小因地而异，其间点缀了一些水塘，共同构成丰富多彩的江南田野图景。

图景上纵横交错的田埂画出各种线条。粗线条是田野的主路，一般为拖拉机的机耕路，是主动脉道路。细线条是分岔的小路，最细的是子田埂，三十到五十公分宽，可行走，也可蓄水围挡。

太阳在西边沉下一半时,天空依然红彤彤的,晚霞的余晖落到村边新栽秧苗的稻田里。远看,丘陵原野向前延伸,不规则的田埂分割着千姿百态的稻田。稻田里的水映着红霞,天空和大地连成一片,田与田,村与村,田与村,一片鲜艳。古老又鲜活的土地,此时静寂又充满生机。

每到傍晚,拎着一瓶煤油,走到稻田的田埂边找到自己家的"螟糊灯"。经过一夜的燃烧和一天的日晒,"螟糊灯"油瓶子里的煤油耗尽了,底下粗陶缸里的水也浅了许多,添水加油,让它继续工作。

"螟糊灯"是用四块玻璃或白塑料布制作而成的透明罩。晚上放在田间,可以吸引稻飞虱等害虫扑火,是生态灭虫的一种简易装置。"螟糊灯"一般放在一个粗陶缸里,缸上放一块青砖块,砖上放一盏煤油灯,灯下四周放水。每天晚上,村子里每家每户都会点亮自家的灯。

夜幕降临,条条田埂上的"螟糊灯"亮起来了。天上星光璀璨,地上点点灯火,蛙声一片。天地间呈现出别样的热闹。

田埂上有添完油点完灯回家的,还有背着背篓拿着手电筒寻找黄鳝的,发现黄鳝后就弯下身子用竹片夹子夹起……

那时,走在回家的路上,觉得自己像那盏灯。回到家,躺在床上,还会想不知夜里有没有风雨,点亮的灯在风雨中是否会熄灭。

稻田想多打粮食,田间管理和除草成了那个阶段稻田里常干的活儿。

秧苗在长，稗子草混在稻苗里，与稻苗共生共长。不是农田老手，分不清是稻苗还是稗子草。稗子草长得快而高，等稗子草高出稻苗，我们就下田拔去，扔到田埂上，让太阳晒蔫。

秧苗间水中还有鸭舌草、节节草、野慈姑……这些野草也抢肥料，夹杂着生长。

稻田中，有一个活儿得站着干，就是拉乌头。乌头形如木屐，长尺余，宽三寸，底上短钉十余枚，有长五尺余的竹柄把手，是江浙一带水田中耕除杂草的农具。

俗话说："三交乌头四交草，一次也少不了。"

村子里有经验的老农看一眼稻草，颠一颠稻谷，就知道水稻在田里生长的经历，什么时候缺了水，什么时候肥料没跟上，缺少几次耘耥。

村子里的老人讲，推拉乌头是给稻苗梳梳头，抓抓痒，秧苗舒服了，长势就喜人。

推拉乌头不仅松根、活土、除杂草，还改善稻子生长发育过程中的肥水环境，促进稻苗发棵、分蘖。

推拉乌头这农活看似轻巧，其实很累。耘稻人站在水田中，手执乌头竹子竿，在稻行间拉来推去，脚步在水中飞快行走，乌头在田里搅得水哗哗响。

初次推拉乌头，不是推得深就是拉得浅，不是弄倒了秧苗就是漏掉了杂草，在水田中端着把乌头，磕磕碰碰，站都站不稳，更别说去耘耥了。所以村里老农的话一点也不错，庄稼人干活就要有一副干活的骨头,而且得一个活儿换一副骨头。

一季庄稼,乌头推拉三次,还要弯腰弓背地在水稻田中拔四次草,手工劳作时代,每样农活都要用心去做。

稻田除草,还有一种是"跪田"拔草,即四肢匍匐于田间,拔除杂草。

村子里的老人说,干这个农活像是对大自然、对大地的跪拜,有种对大地和谷物崇拜的味道。

"跪田"拔草一般在伏天,酷暑难当,为了避开高温,人们在清早和傍晚去干,但也热得要命。

干活时,人们穿着长衣长裤,袖管裤管扎得紧紧的,两腿一个前一个后,跪在稻行间,双手不停地抓、捏、挤、捋、抹,拔起的水草在水中简单清洗,成团后,就近埋入泥中,沤成肥料。

从早上到中午,再从下午到晚上,简单重复,手指、膝盖、腿脚一直在泥水中浸泡。

稻子这时有半人高,人跪在其中前行,稻叶刺人、蚊虫叮人、蛛丝扰人、牛虻咬人,再加上稻行之间密不通风,无比闷热,汗水顺着头发、额角、眉毛、鼻子、腮帮、颈项直往下流,湿了头发,迷了双眼,浸透了衣裤。

一场下来,指甲缝里满是乌黑的泥巴,手脚皮肤被水浸得苍白。

来到田边水塘的柳树下休息。摘下草帽,扔下衣服,蹲下身,捧起水塘中的清水,先喝上两口,然后老猫洗脸似的,洗去脸上的汗水和泥巴,之后抓住池塘边的茅草,整个身子就势往前一滚,滚进池塘。

这碧清的水呀,托起沉重的身子,整个人漂浮起来,水润着肌肤,润进血液,润进每条经脉。

当然,懒人也有懒人的应付办法,出工到田间除草,大草一掐,小草一按,浑水一捋,用不了多久就了事。但人误地一时,地误人一季,到了秋天收割,就得后悔。

水稻,水稻,离不开水。水稻生长在"烤田"之前,水是稻苗不可缺少的命根子。

庄稼人靠天吃饭,人们企盼着风调雨顺,可有多少个年份风调雨顺了呢?有时,天公还不做好事:有的年份闹洪灾,水满为患;有的年份干旱肆虐,该下雨的时候不见雨;有的年份既有洪涝又有干旱,双份折腾。

大伏天,暑热难当,连续多天不见雨,天上连一丝云彩都没有。许多植物蔫了,耷拉着头,一副没精打采的样子。

老人们在村头大树下望着卷起来的叶子,满脸忧虑:已经多日没下过一滴雨了,应当天天下雨的黄梅季也不见雨,这是一个"火黄梅"季节。

稻田里的庄稼要活命,得想法子补水。如果是小旱,就近在田边池塘,用筒车,摇水;旱情稍微严重,把龙骨水车再往池塘底部伸,车水;旱情再严重,附近的池塘都干了,塘底淤泥龟裂,裂开的缝隙能伸进一个手掌。

旱情最严重时，只能从湖里调水，几级车水，一级往上一级提水，翻水。

摇水、车水，全靠人力。

车水的人，在筒车架子上，腿脚用力，眼望前方，不由得唱起山歌。最简单的山歌就是对着大地高唱板子数，脚踏板踩下去，板子经过筒车车轴，循环的次数，从一开始，一个（歌）——啦，二个（歌）——啦，三个（歌）——啦……

后面忘记数数了，就从头再来，一天之中不知重复多少遍。

后来，修水利，筑渠道，建抽水站。摇水、车水的人力劳动越来越少。改机器抽水，人只要扛把铁锹，看着水走，什么地方给开个口子，什么地方漏水了堵上，轻松多了。

抽水站抽水，水渠道输送水。

水渠，常常修在高点位的等高线上，一条弯弯绕绕的水渠，像大地上的一根脐带，在紧要关头向田里庄稼送水。

这根长长的脐带，有时打个"结疤"，这个"结疤"不是疼痛，而是释放。打结的地方开一个小闸，留一条口子，流出的水，给就近田里的庄稼解渴。

平常水渠闲着，空荡荡的，水渠里长满青草，大半年甚至更长时间，只有牛羊过来吃草。稻田缺水补水时，水渠开始走水，水流过来，草被冲倒在渠底。

抽水站抽水时，得有人照看水渠里的水，我们那里把这个叫看水。

水走在前面,人跟着水走,检查抽水站出水及流水、走水的渠道,巡查是否有漏洞,若有漏洞就堵住。漏洞一般是老鼠洞或蛇洞,听水声流淌的声音,可判断漏点在什么地方,用土块堵上,再用脚踩实土块。

　　干旱最严重的时候,村庄周边水塘全部干涸,取不上水,得到湖边深水处排灌站排队买水、送水。从公社抽水站到村里有条水渠,九曲回肠,有十多里长,修在一条等高线上。水流淌过来,经过好多村庄、许多田地,还有其他公社村里的果园场,才能到我们村的田地。看水的人,除了巡查漏点,还得防止其他村子的人擅自放水,甚至抢水。

　　一天已近后半夜了。突然,有人敲响家里的门,着急地大声喊爷爷。

　　"怎么了,怎么回事?"爷爷边穿衣边问。

　　"老伯呀,水渠不是经过杨家村那个果园场吗?看那一段水的人,村里派的那个七斤头,嘴巴馋,看水的时候,在杨家果园子里偷梨子吃,被果园场的人抓了,关起来了。"

　　队长说着事情经过,有些着急地比画着说:"想了半天没法子,只好跑来,请您老人家出面到杨家村,让你姑爷出来帮个忙,他在那个村子是个说话算数的人。"

　　爷爷听完,点头答应:"我跟你们去一趟吧,看看行不行,能不能解决。"

　　爷爷和队长赶夜路,走了十多里路,到另一个公社的杨家村,让能说上话的姑父出面调解。

爷爷就是这样一个心里装着别人的人，总是替别人想，做事能从别人角度考虑。

引来了水，稻田有了活力，秧苗恢复原先的生气。

稻田角落的田埂上有一个小缺口，渗出一条细水流，一只白鹭静静地守着，它想得到小鱼、小泥鳅还是什么？

在稻田里，一只白胸红冠的苦恶鸟，为了寻找同伴，叫了起来："苦啊，苦啊……"一边叫，一边向田边的水塘飞去。它黑色背部，白色腹部，一双修长的金色双腿，长而尖的喙，随时准备啄食，脖子微微抖动。它飞到田边水塘，迈着优雅的步调，东张西望了一会儿，好像看见什么动静，又张开翅膀腾空飞起。后来它飞到旁边树的树枝上，隐身到塘边的树丛里。

"苦啊，苦啊……"苦恶鸟的叫声，又从树丛那边传了出来。

村里有个出名的懒汉，叫小狗子，每次劳动，干一会儿就开始叫苦："苦啊，苦啊……"队长听到了，教训他："你不要一天到晚抱怨苦啊苦啊的，像只苦恶鸟一样。难道不晓得，只有劳动了，才有饭吃，不劳动，天上会掉馅饼下来吗？"

队长训话来了劲："你说说，哪有开水不烫人？哪有出锅的米粥不烫人？哪样的活儿不累人？但话说回来，又有哪样活儿会要你的命？从来就没有听说过哪样活儿累死人的！人活在世上，总得吃些苦，谁一生之中不承受点苦和累呢？苦和累，算个啥？人勤地不懒，只要你挺一挺，忍一忍，事情不就过去了嘛！"

青蛙

青蛙的故事,我从梦中得来。

我的梦,青蛙的梦——一只被洪水冲到村庄边的青蛙的梦。

青蛙经历的事,还是让青蛙自己来说吧。

1

老天接连下了七天七夜的大雨,丝毫没有减弱和停下来的迹象。

山坡上,水流横溢,曾经潺潺的水沟,一下子变得汹涌起来,沟里的水一边向前,一边上涨爬上两岸。

我们一家子蜗居在溪边的石缝里。

青蛙妈、我和二哥、三哥,任凭外面风吹雨打,蜷缩着,懒得动一下,只有大哥时不时地跳到洞口,趴在石块上,伸出下肢,张开脚蹼,用脚蹼感受感受溪沟里不断翻滚的水。

突然,一个闪电劈下来,随后一个惊雷,大地颤抖,崖峭撼动。大哥浑身一颤,缩回那条测试水势的长腿,退回石缝里。

闪电和惊雷停了一会儿,天地间只剩下雨和风,大家惊恐的心稍稍有所平缓。大哥忍不住又到石缝口张望,水势仍在上涨,眼看就要溢进洞中,淹没我们的家。

沟里水位高了,大哥只要伸出短小的前手,就能触摸到野马似的混浊水。

"咕——呱!妈妈,水势不对劲,我们要不要搬家?"大哥问青蛙妈妈。

"咕——呱!往哪里搬呢?"青蛙妈也没主张,"这也不是搬家的时候啊。"

又是一轮狂风暴雨,一个接一个的闪电,一阵又一阵的霹雷,雨从撕开的天幕上倾注下来。

忽然,"轰隆,轰隆……"接连不断的冲天巨响,不是雷鸣,是大坝倒塌!洪水挣脱束缚了!

趴在洞口的大哥一个警醒,先是一愣,立即本能地弹跳出去,顺水而下,攀上不远处的一截枯树枝,结结巴巴地喊叫起来:"咕——呱!咕——呱!不——好——啦,破——坝——啦——!赶紧,全部跳……跳……出来……快……跳出来……逃……命……"

一截枯树枝是我们的救命稻草。

不知经历了多少漂流,多少沉浮,终于在一个地势平缓的地方,枯树枝被漩涡卷进一个水塘,在水塘里回旋打转,一丛芦苇绊住枯树枝,我们总算平稳下来。惊魂落定,木然地打量搭救我们的生命之舟,一家几口相视苦笑,发觉不见了二哥。丢了的二哥,不知生死如何。

我们莫名其妙漂流到的地方,是大小两个水面连在一起的水塘,水塘像个大葫芦一样。

葫芦塘,是我们的新家。

"咕——呱!咕——呱!"葫芦塘里,我们开始了新生活。我们在菖蒲、芦苇、茅草边,在石块、泥土、树枝上,一次又一次,一遍又一遍地唱着自己的歌,相互招呼,互相鼓励。

2

玩耍时,我们发现一个斜坡,葫芦塘通向外面的一个缺口,从缺口爬上葫芦塘堤埂,看到前方就是一大片水田,阶梯似的一层一层往下铺。

明镜般的水田,间或有少许小泥块凸出水面,小泥块上趴着几只青蛙,水中还有几只青蛙腿脚一蹬一收,游向各自附近的小泥块,好像合唱团的成员,站向各自的位置。

"咕——呱!咕——呱!"东边一只青蛙唱了起来,身旁的青蛙有节奏地跟着唱起来,像赛前排练试唱。

月亮从东方爬了上来。

西边两个组合"咕——呱!咕——呱!",像是在拉歌比赛,双方高歌不止,你不让我,我不让你,谁也没把谁压下去。

月亮在水田里边听边走,走呀走,走到水田中央的时候,青蛙霎时间静下来。

中场休息吗？

"咕——呱！"

一个洪亮的声音打破寂静，领唱登场。

"咕——呱！咕——呱！……"

东边响起，西边响起，南边响起，北边响起，中央响起，顿时，整个水田鼎沸起来，成千上万只青蛙"咕——呱！咕——呱！"地唱了起来，声音传出几里之外。

谁在指挥这场通宵达旦的晚会？不知道。

3

又是一年新光景。

尖尖的嫩草芽从塘边泥土里长出来时，我从冬眠中醒来。一个蚂蚱一副没睡醒的样子，从我眼前经过，我逮着了，没来得及回味，就把它吞咽到肚子里。把蚂蚱咽进我肚子里的时候，我感到自己的肚子需要装填好多东西，才能让它充实，我得想办法。食为先，大概讲的是这个道理。

葫芦塘边的草丛中，满是蚂蚱、小蜻蜓、蜘蛛、果蝇、飞蛾，我舌头伸出去，像扔出去的钩子，一会儿就钩满猎物。肚子饱了，我膨胀起来。

趁天色尚早，我扑通跳进水里，四处游一番。没多久，肚子又叽里咕噜响了。

稻田是最好的去处，那里一直有丰盛的食粮。比如秧苗在稻田成活的时候，水田里的生机是看得见的，秧苗由淡黄变绿，由小变大，由低长高，由细长粗，我和同伴在一行又一行的秧苗间穿梭，舌头上的钩子伸出去，收回来，不断重复，肚子瘪了又鼓起来。再比如，秧苗抽穗拔节的时候，稻穗封行，稻螟虫、稻飞虱……好多的虫子，一代又一代繁殖，前赴后继为我们生产，我和同伴蹦蹦跳跳，随意伸出舌头、吧嗒嘴巴，肚子就满满的，有时都有点吃不过来。

妈妈和哥哥，不愿到外面的世界走走，总是蜗居在葫芦塘里，不肯跳出去，只求在葫芦塘里谋生存。

4

江南五月，空气仍散发着草木的清香。

本不该有什么杀气，但我分明听到一个青蛙有气无力的"咕——咕——"声音。在一棵枯萎的杨树桩旁，一只青蛙被水蛇咬住，青蛙玩命向前游划，想摆脱水蛇，水蛇死咬不放，拖在青蛙后面，任青蛙挣扎游动，耗尽体力。

从小就不喜欢看厮杀，不敢看凶器，更不愿看到一个生命被活生生绞死。

水蛇银白光洁的身段，在水中划出一条妖媚的弧线，红色的舌头，看似像花丝吐出，其实是锋利的剑尖，寒光闪闪，夺命不见血。

水蛇勒着青蛙愈来愈紧,青蛙无力低吟,只有出气没有进气,两个气囊被勒得凸露在嘴巴外,明亮的眼神渐渐涣散,最后暗了下去。

水蛇最终吞下青蛙,摆动尾部,搅起细细的波纹,游走了。

我眨巴眨巴眼睛,没有流出眼泪,但背部好像有一股冷风掠过。

5

春意浓浓,塘边刺槐树的花香依然。

一只鸟儿缓缓从葫芦塘上空掠过,我仰望它低低飞行,看它翩翩翻动着的翅膀,想挽留它,请它驻足于池塘的树丫,或停留在芦苇上,青蛙高歌,鸟鸣婉转,来一场隔空跨越交流、天地对白,是多么美妙。

但我捏不住它的翅膀,"咕——呱!"一声成了单相思的呼喊,鸟儿没有回应,拍打双翅向前飞去了。

一根细碎的羽毛,飘落下来。

6

柳树荫蔽的下方,有一大窝蝌蚪。成千上万的小生命,西瓜子大小的体格,黑乎乎、圆乎乎、滑溜溜,扎堆聚在一起,形成一个黑色水团,每一条黑短线似的尾巴,推动着小蝌蚪上下左右地移动。

要不了多久,小蝌蚪就会长出四肢,甩掉尾巴,变成一个英俊的青蛙少年。我懵懂地想起自己的小时候。

7

又是一个连绵的雨夜。

雨水从几个流水的口子冲进葫芦塘,葫芦塘顿时水满为患,排水渠来不及排出去,水溢过塘堤坝,冲入堤下的田地中。

冲进葫芦塘的流水来自几条水沟,其中一条水沟的水不仅臭气重,而且带来一批土灰色青蛙,有几个长得怪模怪样,有的缺胳膊少腿,有的却多个胳膊多条腿,还有几个眼睛边长了个肉瘤子。

我时常蹲在伸出水面的树枝上透气,一只被水冲来的土灰色青蛙也时常爬上来,一来二去,我们成了邻居。

土灰色青蛙生活在城乡接合部,那里原先有一片宽阔的水塘,自从开始搞工厂,他们那里没日没夜地忙碌,轰轰的打桩机和隆隆的推土机弄得天翻地覆。

一只土灰色青蛙感叹:"我们眼睁睁看着,许多青蛙一下子被掀起,一眨眼就弄没了,不知被埋入第几层地狱。我们这些没被埋掉的幸存者逃到一个角落,成了真正的井底之蛙,见不到田野,见不到禾苗,只能在怪味道有颜色的水中吃蚊子。"

"我们那里的一切变故，都是从那些铁壳子机器轰轰作响开始的……"另一只土灰色青蛙说。

我只能听着，没有发声的资本。

8

那天，妈妈在塘边，趴在半干半湿的土块上晒太阳。

一个戴草帽的人轻手轻脚地接近妈妈，一杆三齿鱼叉猛地叉刺过来。要不是偏了一点，妈妈就没命了。鱼叉铁齿划破妈妈的大腿，没等戴草帽的人从泥巴中拔出鱼叉，妈妈惊慌地跳到水里，起跳时射出一泡尿，一个猛子扎出老远。

忍痛挣扎回到家，妈妈趴在那里，受伤的腿耷拉着，收缩不起来，下肢疼痛痉挛，妈妈病倒了！

妈妈每况愈下，没过几天，瘦骨嶙峋，不能动弹了，但仍然惦记着我们这样那样的事情，想为我们做点事。可力不从心干着急，她愈发憔悴。

妈妈不能下水，一下水，伤口就过敏恶化。但总下不了水，后果可想而知。

我们四处打听偏方，试着医治妈妈的病，盼她早日康复。

一天傍晚，大哥从朋友那里回来，说找到了医治妈妈的处方，妈妈的病不用发愁了，明天他只要穿过一个长长的隧道涵洞，采摘到一种叫青蛙果的果子，妈妈的病就有治了。

那夜过得很快。

虽然妈妈还在病痛中呻吟，但我们看到了希望，看到了能为辛苦了一辈子的妈妈解除病痛的曙光。兄弟们聚在一起，整夜准备，没有倦意地畅想未来，畅想着大哥带我们治好妈妈；畅想如何让她过个舒心的晚年；畅想在大哥的带领下建起一个又一个的安乐窝；畅想春天来临的时候，大哥配对成双，生出一大窝子的小青蛙，添丁进口，喜上加喜……

晨曦微露，大哥便出发，踏上打听到的路径，穿过那个长长的隧道涵洞，去求取青蛙果……

半天过去了，大哥没有回来，我们想路途遥远，需要时间。又过去了半天，大哥仍没有回来，我们想可能青蛙果子难以采摘，需要时间。又半天过去了，大哥仍没有回来，我们想是不是……

等待和盼望焦灼着我们的心，我们有种不祥的预感。我和几个兄弟商量，找到那个长长的涵洞隧道，去寻找大哥。

费尽周折，我们找到那个长长的隧道涵洞，穿过了那个隧道涵洞。我们大声呼喊，竭力嘶叫，用劲吹出自己门类的暗哨，发出最强的呼应信号。

没有任何回音。

却见悬崖边有一棵树，可能是传说中的青蛙果树，我们慌忙蹦跳过去。

树下的草丛边上，大哥已经白肚子朝天，永远地闭上了眼睛。两个前肢仍死死地抱着那颗为妈妈治病的青蛙果子。

大哥就这样没了，好像只听到花朵轻轻张开的声音，清淡又艳丽，匆匆走过一个短暂却异常灿烂的花季，从视野中淡去。

妈妈的伤病虽然治好了，但神情时而清醒时而恍惚。

"还是老家好呀，原先那个山脚下，那个清水沟，多好啊，那里有好多念想！"

妈妈清醒的时候，总喜欢这样念叨。

9

山脚下，那条溪水沟，我们的老家。

月光洒落大地。溪水边，天上一个月亮，水中一个月亮。我们一帮子小青蛙在草丛中三五成群，东躲西藏，捞起水中几片绿浮萍，蒙上一只小青蛙的眼睛，在草丛边空地上，摸索着寻找伙伴，被逮到的青蛙，表演一个节目才能过关，节目任选：纵跳操练、跳越土墩、空心翻滚。

星空下，一大帮子青蛙自由选择分开玩乐，开始一场"演习"，大个子的青蛙分编成红军、白军两大阵营，在那片水葫芦下的水面上打水仗。哪一方先登上池塘中的小土墩，哪一方就获胜。

号令一响，我们争先恐后，冲锋陷阵，勇往直前，英雄气势压倒一切，为了胜利的荣誉压倒一切。

另一群青蛙也游戏起来，排成两排，手拉着手，依顺序由其中的一排有节奏地叫起："天上,天上公鸡啼;地上,地上跑马蹄;马蹄,马蹄跑得快,要把虎蛙带过来。"

高大的虎蛙,从队列中跳出来,试着蹦跳几下,做个热身,拉开冲锋的架势,起跳,加速,冲向对方,冲散对方手拉手的队伍,冲断队伍,最后以胜利者的姿态,带走断手处的一只青蛙,不但重回原来的队伍,还壮大了原先队伍的力量。

"天上,天上公鸡啼;地上,地上跑马蹄;马蹄,马蹄跑得快,要把猫蛙带过来。"又一阵节奏,催令似的叫着。

有点弱小的猫蛙,从队列中跳出来,试着蹦跳几下,做了个热身,拉开冲锋的架势,起跳,加速,冲向对方。它没能冲散对方手拉手的队伍,被对方围住,就"牺牲"在对方阵营,成了对方的俘虏,被留在对方的队伍中。

10

那段时间,我吃得饱饱的,总是不自觉地游到那片荷叶底下,凝视水面,蹿上跳下,隔一会儿,跳上荷叶,又跳下,焦虑地眺望,寻找那只不怎么发声的青蛙小妹。

记得第一次偶遇,相互对游的那一阵,我腮帮子地方火热得很,小心脏跳得厉害。好久没碰上了,青蛙小妹在哪里?

应该去寻找,把自己喜欢的事情做出来。

11

我时常怀着忐忑又期许的心情,在寻找的路上徘徊。

一个夜晚,我带着希望来到一片稻田,感觉有点累,也有点饿。

我趴在稻田的田埂边,静候虫蛾,准备开始一顿美食。那边几只青蛙同类,"咕——呱!咕——呱!"地打着信号,我没有回应,全神贯注地关注着前方的食物。

突如其来的一束光,一道手电筒的光,照射过来。我努力地睁开双眼,想看清发生了什么,但强光照过来,我怎么也睁不开眼睛,只得束手就擒,被装入一个竹背篓。隔一会儿,一个个的同胞被掷进来,我们在黑漆漆的竹背篓中挤成一团,呼吸困难。

竹背篓里青蛙堆满,那人不再捕捉。

竹背篓背着我们到村边一棵大树下,我们被野蛮地倒进一个长条形的蛇皮袋里,然后挂上一辆自行车。

"丁零零……丁零零……"

清晨,自行车把我们运到一个人声鼎沸的地方。

数不清的人,吵吵嚷嚷,是讨价还价,还是尔虞我诈,抑或是什么戏谑? 一句也听不清,反正是在做所谓的交易。

我们已经没了自由。

等待我们的可能只有鲜血和凛冽。

剩下的日子,不,不能叫日子,因为没有日子了,刽子手已经准备了剪刀、砧板和菜刀。

透过蛇皮袋的小孔，我看见那个人嘴里叼着香烟，戴着两只白色的袖管，拿刀的手上戴着一只金戒指，脸上挂着得意的笑容。

灭顶之灾随时随地会降临到我们头上，只有任人宰割了。只见金戒指抓起一只青蛙，手起刀落，没有一声响，血溅四方……

不一会儿，金戒指的两只白袖管被染得血红，一只又一只青蛙惨遭厄运，剪去头颅，剥光皮脂，露出雪白的肉体，小肋骨连着两条美人腿，被丢到竹篮子里。那一刻，美人腿还在颤抖。

目睹刽子手夺命不眨眼的场面，我急于寻找蛇皮袋的裂缝，幻想奇迹从天而降。

这时，一辆三轮车开过来，停在金戒指的旁边。

两个声音开始很低，没听清，后来，声音大了些。

"有多少？我全要了"。

"这些全给你，先记个账吧。钱嘛，到时候一下子结。"

"不，还是一手交钱一手交货吧，省得记账了。"

就这样，三轮车装上蛇皮袋，驮着我们穿街走巷，到了另外一条街上，这条街看上去干净很多，没有菜市场那么脏乱和嘈杂。

后来，我们一些青蛙被挑出来，送到了一家星级酒店，放养到一个带有增氧器的玻璃缸内，可能是伺机等着卖个好价钱吧,也算暂时逃过一劫。

星级酒店里来来往往的西装革履,有衣冠楚楚的男人,有穿着时尚窈窕动人的女人,他们笑眯眯地进来,剔着牙出去。

这个时候我似乎明白了:等待着我们的跑不掉,还是手起刀落,早晚而已,呜呼哀哉!

下场最终归结是:血还没流尽,就没了呼吸,然后,火热油锅,粉身碎骨,受尽一番煎熬,被放上瓷碟,被一些文明的人用文明的筷子夹着,送进见不到底并尝尽美味的嘴巴……

正思忖着自己后面的命运,一位大妈来到玻璃缸前,转了几圈,仔细地端详着我们,对身边跟过来的一个人说:"这十几只青蛙,卖给我吧。"那人手上戴了三个金戒指。

"没问题。您喜欢,捞去就是了,您说买,不就把我当外人了?我送给您。"

"不,一定要付钱,这显示我的诚心。"她边说边从钱包中拿出几张很大的纸币,递给三个金戒指。

"拿着,用个篓子给我把它们装起来。"

"好的,哎哟喂,这我收了。"

说话间,我们几个被网袋子捞起,装进一个精制的竹篓。

大妈双手捧着装我们的竹篓,坐进汽车。

12

汽车开出,我们离开高楼大厦,又见到太阳、田野、河塘。

我们从小桥上经过，从流水边经过。

车辆颠簸，惊魂未定，颠簸摇荡，我晕晕乎乎地，似睡非睡起来，隐隐地梦见那时的石拱桥倒影、那时的小鱼戏水、那时低飞的红蜻蜓那时的溪涧流水。

猛地一个急刹车，汽车"咯噔"一下，把我从迷梦中惊醒。

已经来到弯弯曲曲的山中，公路两边山峰叠起，青翠欲滴，路边河水潺潺，不时有鸟儿飞起，在空中盘旋。

车辆又转过几道弯，经过几处悬崖，穿过一个大牌坊，有洪亮的钟声传来，紧接着有诵读之声萦绕。

车辆停稳，我们被主人虔诚地从车上抱下，放入一个长方形的池塘，池塘东南角，淙淙流水进来，溪涧青草岸立着高大的花岗石，上面刻着三个大红字，距离有点远，看不太清楚。

又见溪水潺潺，碧波荡漾，曲水池边青草岸，似曾相识的新天地。

到这里，算是迂回重返家园。

说不定能与妈妈、二哥、三哥惊奇相遇。

也许，能和许多亲朋好友久别重逢。

咕——呱！我们是青蛙！

咕——呱！我们是青蛙！

燕子

波光粼粼的湖边，两只燕子上下翻飞，像在俯冲啄食水中的鱼，又像在撩水洗翅、追逐嬉闹。其间弄湿了羽毛的燕子停到河中间的竹竿上，左翅膀抖一下，右翅膀拍一下，身上的水珠就掉了下来。

过了一会儿，另一只燕子"叽"的一声从它身边闪过，好像打了个招呼，两只燕子便一起飞走了。

飞禽走兽中，数燕子跟人最亲近，它们把巢筑在堂前屋下，与人在一个屋檐下过日子，在人眼皮子底下进进出出、繁衍生息。

从前，也有人抱怨燕子嫌贫爱富，只挑砖木结构的有钱人家做窝，不肯光顾茅草屋的贫苦人家筑巢。这也不能怪燕子挑三拣四，谁不希望把家安在一个稳固而安全的地方？虽然有人嫉妒燕子攀附富贵，但人们对燕子总是心生敬畏，爱护有加。

长辈们总是叮嘱我们，无论怎样淘气贪玩，去掏麻雀窝、捉知了……都可以，但不要捣燕子窝。如果捣毁了燕子窝，嘴上会生燕子疮,吃饭喝水疼痛难忍,许久不能痊愈。

燕子身材娇小,矫健灵敏。飞翔时,潇洒而优美,翅膀一收一夹,一张一扇,即冲出老远,一会儿直冲云霄,一会儿贴近地表,画出条条优美的弧线。燕子又是个大众喜爱的物种,是世界范围内分布最广的鸟类,除极地地区外,都有燕子的踪影。

那天,从栽秧的稻田回到村里,在好几家屋檐下,发现了燕子的窝:在门灯上、在房梁交接处、在墙角边,一粒粒均匀泥巴筑成的燕窝,或泥巴间夹裹着草茎筑成的燕窝,确实精巧别致。

燕子飞入寻常百姓家。

曾见到一窝小燕子,一只只待在半碗形的燕巢边,等待父母投喂。燕子父母飞来时,它们一个个伸长脖子,张开杏黄色的嘴巴,叽叽叫着。燕子父母快速飞到燕巢边,把捕到的飞虫、蜻蜓甚至蚯蚓……飞快喂进雏燕口中,转身又飞出去觅食,觅到食物后马上又飞回来投喂,这样往返不停,飞来飞去。燕子父母要在短短几天内,把一窝小燕子喂成羽翼丰满的大燕子,然后让它们出巢飞翔,自食其力。

燕子在飞行中捕食,食物以飞虫为主,这种习性注定了燕子要随着气候变化南迁北移。不过燕子迁徙没有大雁南飞的浩荡阵势:蓝天底下,雁群排成整齐的"人"字形,嘹亮地叫着……

燕子不是这样。燕子在"枫叶芦花秋兴长"时,悄然离开我们飞往南方；来年柳树吐絮时，又悄然飞回来，而且往往回到原来的那个窝巢。

相传有人为探究每年归巢的燕子是否为原来的燕子，便在燕子脚爪上做个记号。果不其然，这只带着记号的燕子在第二年春天又飞了回来。

麻雀

麻雀叽叽喳喳啼叫时，有时会翘起尾巴抖动，像在做全身运动。

麻雀的叫声没有长音，也不嘹亮，不是它低调，而是天生就这副嗓子，只能在小范围内听到。不像布谷鸟，一嗓子叫声，几里之外都能听得真切。

麻雀安家落户，多数和燕子一样，筑巢建窝在人的屋檐下。那时，几乎家家屋上都有麻雀窝，麻雀把主人的房屋当作自己的安身之处。

但是，麻雀窝又跟燕子巢不太一样，燕子巢在明处，而麻雀窝藏在暗处，在屋檐下，在墙洞中，在草窝子里。

村里的泥草屋子，它们更是喜欢得不得了，在那里建窝安家，冬暖夏凉，方便省心。

麻雀搭窝建巢，颇费心思，材料有稻草、破絮棉、杂草、细树枝、头发等。搭起来的窝，开口向上，外边毛糙，内部却光润舒适。

我们常常去掏屋檐下的麻雀窝。

那时，村里人家的房屋低矮，茅草屋的屋檐更低，发现屋檐洞口有麻雀飞进飞出，伸手进去就能摸到麻雀窝。

高一些的砖瓦房，屋子檐口高，够不着，我们就造一个人梯：力气大、厚实的，蹲下，在最下面；体重轻的人踩在下面人的肩膀上，扶着墙根，手伸进瓦缝墙洞里去摸。摸到鸟蛋，无处可放，一两枚的话，先含在嘴里；多的话，一手拿着，另一手扶墙，二人配合，身体慢慢下降。这样不一会儿工夫，掏了一窝又一窝，瓦缝墙洞里的麻雀后代和老窝被我们一扫而光。

那时，只知道炫耀自己掏麻雀窝的本事，根本不会想到麻雀筑窝辛苦。筑窝时，麻雀一次衔来一根草、一片叶、一条丝。掏窝时，我们从瓦缝墙洞里拉出干软的草、叶片、毛发等，搜出来，毁掉，弃于地。

"麻雀头上有三副人参。"

"三只鸽子不如一只麻雀，一只麻雀四两参。"

江湖郎中们这样说。

可小伙伴们捉麻雀，从来不是为了去吃，更多的是为了找乐子。

有时，用自制的牛皮筋弹弓打麻雀。那是个技术活儿，不是谁都能打中麻雀的，多数是虚晃一枪，麻雀安然无恙，甚至蹦跳几下，像是在挑衅。只有麻雀成群结队在一起时，可能瞎猫碰上死耗子，打中一二只。

有时，村边田野的电线上，麻雀一字排开，叽叽喳喳地叫，"家雀成群枝上聚，不知商议是何题"。

不知讨论有没有结果，有时不知什么原因，麻雀呼啦一下，扑棱棱地飞走了，可能去了稻田、晒谷场、草垛、竹园、树篱等地。

麻雀，不能说不勤快，可忙乎了一辈子，只不过混了个温饱！

一年四季，麻雀不知疲倦地在它们的领地里拾荒。天亮出窝，傍晚飞回，像个没休息天的种田人。

开春，麻雀从树枝上飞下来。它们看中了主人的院落，那里的鸡鸭外出溜达去了，鸡鸭的残羹剩食成了麻雀的美食。

初夏，一窝又一窝的小麻雀破壳而出，麻雀父母轮番喂食，精心呵护，把一个个黄嘴唇、大嘴巴的小麻雀抚养长大。

深秋，麻雀随性拾荒。丰收了，田间地头到处是口粮，麻雀随便扑下身子就可以来一口。摇晃着稻穗的高处稻田，成为麻雀经常光顾的地方；没有耐心了，麻雀呼啦飞起，旋风一般，落到低处的那块稻田上。满眼都是金黄色的稻子，它们高兴坏了，忙得不可开交。如同一个拾荒者，一不小心跌进了一个大粮仓。

寒冬，麻雀的声音低而短促，似乎心里着慌了，它们在冰雪融化的土地上跳跃觅食，这时，温饱问题成了头等大事。

等到春暖花开，麻雀又回到从前的状态，一会儿飞起来，一会儿又降落。这个有固定住所的拾荒者，总是想方设法地分享人们的劳动成果。

它们啄食时，一向谨慎，由远而近地啄，稍有响动，它们呼啦一下飞起,过一会儿,发现没有危险,重新飞过来。那些无人看管的田野稻麦场,是它们的天堂。

它们喜欢靠近庄稼人的生活圈生活,人们在田里劳作,它们在高处飞来飞去,不时做点小动作。

麻雀不像大雁,由南到北,再由北到南,恨不得把地球来回飞个遍。麻雀不长途旅行,总是待在那几公里的有限范围内,在村庄和田野附近的田头、谷场、屋檐下转悠,从不远离。

麻雀就像许多生活在这片土地上的村里的老人——他们难得外出,也不曾远离村庄,离开村庄去到最远的地方,就是三四里路外的公社。至于十几里外的县城,许多人一生之中只去过有限的几次,有的甚至一次也没去过,一辈子都在村里。

村里走出去多一些的人是村支书。别的不说,每年县里召开一次"三级干部大会",村支书雷打不动地去参加。有一年,队长作为"农业学大寨先进代表"列席会议,和村支书一起出去一起回来。在村口碰到,村里人就上前打听这询问那,好像开会的人带来了什么喜讯,让村里人兴致高涨。

队长和村支书只是轻描淡写地说点会议内容,但会把在县城见到的一些场面和情景,有声有色地说上半天。

外面的世界,让村里人羡慕不已。

大雁南飞

　　村外稻田，黄绿相衬，金黄的稻穗下，是正在枯黄的绿稻草。

　　微风吹来，稻浪涌动，波浪一般，簌簌沙沙。沉甸甸的稻穗低头弯腰，像是臣服于大地，又像在摇头晃脑、耳鬓厮磨，发出成熟的低语。

　　稻田上空，深秋以来第一批南迁的大雁，排着"人"字形阵列，不时地在空中叫着，向南飞行。

　　队长去田野，看稻子什么时候开镰收割。

　　走到李家山旁的那片稻田，看到稻子匍匐倒地，原来是一场恼人的秋风，顺着坡岗吹来，把稻穗吹倒一大片。

　　"老天啊，你怎么不长眼睛呢？到手的粮食，让你给糟蹋了，这几田稻子，这么一折腾，要少收多少担粮食？是多少人一年的口粮啊！"队长惋惜地说。

　　不久，稻子收割、脱粒、上晒场。

　　打上来的粮食，先国家，上交公粮；后集体，生产队留下储备粮和稻种；再个人，按家庭人口和工分，分配每家每户的口粮。

新稻子装满家里的谷仓。

挑上一担新稻子去碾坊，碾出的新稻米续上家里米缸所剩不多的余粮，之后就不用再眼巴巴地瞅着米缸，为吃饭发愁了。

村里的老病号吃到了新稻米饭，忐忑不安的心放了下来，默念又度过了一个关口，看到了下一年的希望。他们相信再熬过一个年头没有问题，这大概是村里祖传下来的信念。

交公粮的队伍，从晒场出发，走在村外的田埂上。一条条"吱呀、吱呀"微微颤动的扁担，挂着两头的稻箩筐，像鸟儿张开的翅膀，走在原野的田埂上，朝着公社粮管所方向前行。队形随着田埂的曲直变化而变化，一会儿弯曲，一会儿笔直，有节奏地向前移行。

到了粮管所，收粮员（验收员）一只手拿着一个圆木盒，另一只手伸进稻箩筐底端，抓出一小把稻子，放进圆木盒，盖上盖子，快速旋拧。稻子被分成稻壳和大米，收粮员用嘴吹去稻壳，把手里的米放到嘴里细嚼，试着品尝稻子的水分含量，判断是否达标，然后，把嘴里的大米吐到木盒的旋转盖子上，观察一番。

如果收粮员皱着眉头说"不行，还得再晒晒"，那就只得重新将稻子铺在水泥地上，不停翻晒。直到收粮员再次验收时点头说"可以啦"，就可以把稻子用撮箕端到风谷机上，手摇风扇，通过风力出风口排掉稻谷中的杂质、瘪粒、碎屑，剩下的粒粒金黄的稻子装进稻箩筐,挑去过磅。

过磅的人多,排着长长的队伍,人们就坐在两只稻箩筐之间横放的扁担上等待。

前面的人过完磅,挑着稻子进了粮仓,空出位置,后面的人就挑着稻箩筐往前移。

过完磅,拿着过磅单,挑着稻子进粮仓。

粮仓里满眼都是稻谷,一个金色的世界。

粮管所人员用手指着说:"往上挑,往上挑,挑到最上面。"

挑着满箩筐的稻子,顺着三级长长的木跳板,往稻谷山上攀爬,往高处,再往高处,头将要触碰到屋顶时,倒出稻箩筐里的稻子。稻子像金沙一样从上而下泻落。

稻子堆成一座金黄色的山。

晒谷场

村口百年枫树下，是晒谷场，那是生产队的重要家当和劳动场所。

每当布谷鸟从南方飞来，清脆的声音洒落大地，人们知道这是自然界的天使在催收催种了。

晒谷场北边，生产队粮仓门口的一排"七箩缸"，浸泡的稻种已经发芽，用不了几天，长着嫩白细芽的稻种就可以播撒到秧田。

那个时间段，有干不完的活儿——收割麦子和油菜，打场，晒场。

收上来的菜籽秆来不及晾晒，就一捆捆扎起来，竖着堆放在晒谷场的边沿上。

月明星稀时，小伙伴们在那里玩捉迷藏。菜籽秸秆堆起好几条长长的柴垛，柴垛下有许多间隙，像是挖空的坑道，小伙伴们在其中钻来钻去，无数油菜籽被碰掉散落在地上。但我们才不管这些呢，只关心不要被对方逮住，或者想办法能在"敌我"双方交战中赢得胜利。

晒谷场上最兴奋的事，要数看露天电影。

那是个隆重的事，村里要派人去县城接电影放映员，或从别的村把电影机和小发电机挑来。银幕还没竖起来，晒谷场上就簇拥了不少人，大家早早吃完晚饭，扛上一条长板凳，在银幕前占个好位置。闲不住的人，还会给电影放映员打个下手，固定住竹竿，拉上白布银幕，挂上音箱喇叭。一切准备妥当，只等电影开映。

这是来得早的，来迟了也用不着犯愁，银幕后面，是晒谷场边的油桐树，一些小家伙爬上树，反着看场电影，效果也不逊色。

那场面、那场景和电影中的许多情节，可以让人念上好几天。

晒谷场上也玩过"小把戏"。

一天村里来了一对常州夫妇，晚上，在晒谷场中央放一张八仙桌，点亮他们的那盏煤气灯，煤油"嗞嗞"作响，草帽檐一样的遮光罩发出耀眼的白光。在没有电灯的年代，那光亮就似一个"小月亮"。村子里的人里一圈外一圈，围着"小月亮"，看常州夫妇表演"小杂技""数来宝"节目，节目中还不时分发打蛔虫的"宝塔糖"。不知是尽义务还是做公益，表演不收钱，"宝塔糖"也免费送。"宝塔糖"甜丝丝的，不比水果糖差,我一下子吃下许多颗"宝塔糖",第二天,肚子里咕噜咕噜,动静不小,一下子把肚子里的蛔虫都拉出来了。

晒谷场对于孩子们来说,更多的是娱乐场所;而对于大人来说,更多的是辛劳的地方。每当小麦、油菜、水稻上场,晒谷场就是一个忙碌的地方。连枷打麦、脱粒机打稻,打的打,筛的筛,扬的扬,人们分工协作,秩序井然。

稻子在晒谷场上晒太阳,去水分。稻子晒干才能存放起来,不然发芽霉变就糟蹋了。稻子晒得差不多了,就用木锨铲起,朝天上一扬,风儿吹来,把稻子、土屑和瘪子壳稻,分得清清楚楚。

这个时候,每当风起云涌,天黑如墨,全村的老老少少男男女女,都放下手头的事情,倾巢而出,自觉地跑到晒谷场,操起各种各样的工具,不约而同地投入抢场之中。

后来,实行家庭联产承包责任制,晒谷场以平方米为单位,分到每家每户,原本硕大的晒谷场,被切成了许多小块。

再后来,晒谷场上盖起了房子,剩余的残缺的晒谷场长满了青苔。它丧失了原有的功能,像一块生锈的铁板,被遗弃在一边。

但每每回忆,心中的那块晒谷场依然敞亮!

稻堆山

稻子熟了。

收割，脱粒，进入晒谷场。这里是它暂时的归集地。

脱下来的稻子，在天气晴好时摊开晾晒，晚上收起来，堆放在稻谷场。晾晒好的稻子，最终分给每家每户；或挑送到粮管所，上交国家；或收进生产队仓库。

稻子在晒场，需要找人看场，看场有两种。

一种叫小看场，就是看铺开晾晒的稻子。这时，一般村里指派小娃娃和老弱病残，在白天看麻雀，赶鸡、鸭、鹅，不让它们糟蹋粮食。

另一种叫大看场，就是值夜驻场，睡在晒场，防水、防火、防盗。

金灿灿的稻子，傍晚时收拢成一条长龙，或一个个圆堆子。村里的保管员用一个木盒子印章，在稻谷和堆稻地面上盖出一些石灰印，以此作为防盗的记号。此举看上去有点天方夜谭，但在那时确实管用。

村里劳动力排班看场，两个人一组。

夏天睡晒谷场边，露天搭床铺。冬天睡生产队的屋子里，屋子就在晒场边，一字排开，两端是仓库和牛棚，看场人就睡中间的两间屋子，用稻草打地铺。

傍晚，我替家里大人去看场，自带被子。跟我一起值夜的是村里贫下中农代表赵善祥，他外号"老代表"，村里人就一直称呼他"老代表"。

值夜几乎没什么事，除了睡觉，就听"老代表"讲他那些不知道从哪里听来的"山海经"。不能小瞧了"老代表"，斗大的字认不得一箩筐，可他博古通今，说起故事来头头是道。

他在地主家当过长工，喜欢从长工扫地和少东家练毛笔字开始说起。

一个雨后清晨，地主家长工在庭院门前拿着大竹条扫帚扫地，扫帚拖过泥水洼地，沾上许多泥浆。长工用劲抖，想甩掉扫帚上的泥浆，但试了几下甩不掉，情急之下，将扫帚刷到墙壁上，左一下，右一下，像极了写字时的一撇一捺。

少东家练完字，懒散地从院门走出来，见墙上有大大的字，惊问："这是谁写的'人'字？这么有劲道……"

讲这段时，"老代表"躺在地铺另一头，我看不到他的表情，但从他说话的语音语调猜得出他很愉快。

接着，他继续讲芝麻饼子的故事。

过去，老街上有一家食品店，点心食品喷香无比。一天，一个姓贾的人来到食品店里，站在柜台边对店家说："久闻贵店的芝麻烧饼好吃，前来看看，想买点回家吃。"于是，他像模像样地把摆在柜台上的烧饼拿在手里翻来覆去，不断夸赞："好烧饼，烧饼好。"他拿起一个放下来，拿起另一个又放回去，一遍又一遍。然后，贾某人在自己身上摸了摸，脸上摆出一副无奈的样子，遗憾地跟店家说："哎呀，烧饼好是好，只是今天忘了带钱，下次再来买吧。"

店家收起烧饼，这个过程中，贾某人利索地把掉下来的芝麻撸到掌心，送到嘴边，一口吞下。原先有些紧张的神情，此时变得放松起来。

店家回过头，看见桌面上的芝麻都被贾某人撸光，生气地对着木柜桌面猛击一拳，桌面的缝隙里震出几粒芝麻。店家不高兴地说："不买就不买，不要糟蹋我的东西。"同时，他伸出指尖飞快地把震出的芝麻捡起，一粒一粒送入口中。

看场的屋子，不怎么密封，有些缝隙，几缕月光透进来。屋外寒冷，还有呼呼的风，我下意识地伸手把被子上的棉袄压一压，身子本能地往被窝里缩。

"老代表"停顿一会儿，没有说话，可能在他的"山海经"库里搜索，想找一个新话题，消磨这漫长的寒夜。

过了一会儿，"老代表"问我："你知不知道湖边那座孤零零的稻堆山是怎么来的吗？"

我在稻草做的枕头上摇头。

"湖边那个孤零零的山，为什么叫稻堆山呢？它是有来历的。""老代表"又继续娓娓说起来。

相传，古时候固城湖西南边，住着一户有钱有势的地主，当家的男人不管事，大小事情都是地主婆说了算。

开春了，家里不少田地无人料理耕种，地主婆的心里有些发愁，想临时找人农忙时种田。

一天，村里来了两个农夫模样的人，经过地主家门口时，正巧地主婆拎着篮子出门。地主婆看到了这两个农夫模样的人，就上前搭话，问他俩是否愿意到她家打工，耕田种地。这两个农夫模样的人说正好想找个事消遣，满口答应。于是，地主婆就把这两个人安顿下来。

日子一天天过去，地主家的两个长工总是不怎么到田里干活，喜欢在门前整理那块方方正正的晒场。地主婆的肚量也算大，从不催促他们到田里干这干那，但日子久了，心里也犯嘀咕，想要看看他俩有什么妙招法子。

春天来了，其他农家忙着翻耕犁田、播种、育苗，那两个长工也到田里播了点稻种。

到了五月芒种时，别人家都下到田里拔秧栽秧，忙得不可开交。地主家的两个长工也去田里插秧，但别人家田里栽的稻秧密密麻麻，他们两个人倒好，一天工夫只是在稻田的四个角落栽了几棵，这算什么事儿呢？太阳快落山了，其中一个跟同伴说，去借个梯子来，把太阳影子给撑着，不要让它落下。梯子扛来，竖靠在那里，太阳没有落下，他们俩一会儿工夫就栽完了秧苗。

别人家在稻田里耕耘、施肥、除草、管水，忙个不停，他们俩只是偶尔去稻田,看几眼就回来,还是喜欢在门口弄那块晒谷场。

三四个月过去了,到了收割的季节。别的农户在田里割稻、掼稻,忙得不亦乐乎。地主家的两个长工,到田里割了几捆稻子,挑到门前的晒谷场上,抬出斛桶,放在晒谷场的中间,手抓一捆稻把,移步走近斛桶,扬起稻把,掼稻,稻谷就从稻把上哗啦啦脱下来。

这时,地主婆躲在窗户边偷看。

只见他们两个人各自抓起一把稻把,掼一下子,稻粒如雨一样纷纷落下,斛桶一会儿就满了。两人一边掼,一边喊着号子:"哎呀咯嘿,稻把子一下子掼么,稻子涨上三尺;哎呀咯嘿,稻把子二下子掼么,稻子涨上六尺;哎呀咯嘿,稻把子三下子掼么,稻子涨上九尺。"

顿时,斛桶里的稻谷像流水一样,从斛桶流到两人一直做的那个晒谷场,晒谷场上的稻谷风起云涌般,一个劲地涨,像汛期涨水,越涨越高,稻谷堆了起来。

地主婆看呆了,知道遇到有妙招的法师了,慌忙在边上跟着喊:"哎呀咯嘿,稻把子再一下掼么,再涨上三尺。"

两个长工相互对视了一眼,又向斛桶里掼稻。两人几乎同时说出:"人心不足么,退下来三尺。"

场地堆积起来的稻谷,瞬间浅下去许多。

这时,天空突然乌云遮天,雷电闪闪,倾盆大雨由远而来。两位长工拿起木锨,铲起稻子,扬起稻谷,抛向空中。稻谷越抛越高,越抛越多,雨点般的稻谷堆积起来,越积越高,不一会儿,聚起一座"稻堆"一样的山。后来人们把那山叫"稻堆山"。

原来,地主婆碰到的那两个长工,是八大神仙里的其中两位,他们从黄山出来,腾云驾雾经过此地,看中依山傍湖的田园小村,准备在这个地方歇歇脚。于是,两位神仙从云中一个筋斗翻下来,打扮成农夫模样,悠闲打工,弄出了上面这么一出。

夜深了,"老代表"渐渐睡去,打起呼噜。

隔壁的牛棚,传来窸窸窣窣的动静。不久,响起哗啦哗啦的声音,是牛在撒尿。空气中好像有潮湿气味飘过来,醒着的人也条件反射地跟着起夜。

人鼠之间

童年生活中,总是剥离不掉老鼠的踪影,觉得它们总是躲在某个阴暗的角落窥视着外面的世界。

小时候常听大人说老鼠嫁女儿的故事,现实生活里有许多老鼠剪纸,让我觉得它也有灵性的一面。

听过一段关于老鼠婚配的故事。

老鼠是个谈情说爱的高手,吱吱吱的甜言蜜语让对方心花怒放,结果子孙满堂。

可有一只老鼠例外,不知是忙还是什么原因,一直没有处上如意的对象。周围同伴成双入对地洞中进、洞中出,周围异性也都名花有主,此鼠也着急,有点饥不择食。一日终于大功告成,跟一只蝙蝠住进一个洞穴,算是有了一个伴侣,讨上了媳妇。

有鼠问它:"怎么娶个尖嘴猴腮的蝙蝠?"

此鼠回答:"尖嘴猴腮怎么了?人家好歹是个空中飞客呢。"

闻者捧腹。

我们村庄周边,主要有三种老鼠:家鼠、田鼠和仓鼠。

家鼠

家鼠觊觎家中食物,咬碎物品,出没于脏乱的地方;它身上还携带病菌,带着许多隐患。所以,人们想方设法地防备、消灭家中的老鼠。

一般老鼠白天躲在洞里,到了黑夜才沿边角线出没。不过也有例外。

那天,我从外面回到家里,见几只老鼠在堂前活跃。我抄起门边扫把,追到厨房,有只老鼠窜到灶台上,尾巴像是往后一撑,前肢小爪子举到胸前。我想抄扫把拍过去,又担心砸了碗筷。那只老鼠一动不动地与人对视,小心观察人有没有移动,有没有分神。一旦它发觉有可乘之机,立马"吱"一声,从墙角的石头缝隙钻进洞中,没了踪影。

老鼠从来不会停止觅食行动。夜晚听到装粮食的麻袋里窸窸作响,打开灯,老鼠便一动不动,让你不知道它在哪里;关上灯,细碎的动静又响起来。直到老鼠把麻布袋咬出个大窟窿,粮食漏出来,主人才会发现,然后采取补救措施。

老鼠也有耐心,肯花时间。知道家里土粮仓里有许多粮食,老鼠深更半夜想着法子爬上土粮仓,对土粮仓上的门板下手。门板太硬,老鼠还会挑木质松软的地方去啃咬,一天不行两天,两天不行三天,锲而不舍,土粮仓的门板被咬出带有老鼠牙印的凹槽。主人发现后,只得用石灰、苎麻和桐油,做成像水泥一样的桐油灰,修好凹槽。老鼠大概知道主人已发现了,就放弃了从此处打土粮仓的主意。

老鼠也知道团体合作。一只老鼠用爪子抱住鸡蛋,同伴咬住它的尾巴,一帮子老鼠拖的拖,拉的拉,个个用劲,把老鼠鸡蛋一块拖到老鼠窝里。可它们怎么对鸡蛋下手呢?这个我就不得而知了。

常看见老鼠在房梁上窜来窜去,低着头,东张西望。它尖头细脑的模样,眼光贼溜溜的,嗅觉贼灵。

一袋悬在房梁下的黄豆种子,被一只老鼠嗅到了香味。老鼠顺着悬挂的绳索,摸到了袋子边,从上面咬破袋子,弄出一个小孔,吃上了喷香的黄豆,然后把小孔咬大,钻了进去。不久招来一窝老鼠。贪心的老鼠咬断绳索,袋子扑通掉了下来,黄豆撒了一地,被主人发现,主人拿着棍棒追打老鼠,老鼠四处逃窜。

为了灭鼠,人们想出各种方法。老鼠夹是其中一种。

老鼠夹上,诱饵连着铁夹,碰到诱饵,老鼠就会被夹住,无论怎么蹬脚、摆尾,最后多属无效挣扎。只有极少数被夹住小腿或尾巴的,可以逃生。人类有断臂求生,鼠类有断尾断腿保命。

不过,老鼠鬼得很,一旦有老鼠被夹住,一般不会有第二只老鼠再上当,除非换了场地、换了情景。

除了老鼠夹,也有用老鼠药来灭鼠的。

老鼠药是上街去买,而且大都从一个外号"跃伢业"的卖鼠药人那里去买。"跃伢业"生意开始之前，先杂耍一段，招揽顾客，比如鼻孔里吞进尺长的铁钉，或鼻尖上顶个小手帕。还有的变个小戏法，比如把某看客竹篮中的半斤猪肉瞬间变成一捆青菜，或者小手帕中凭空钻出一只小老鼠，故意凑向小媳妇，小媳妇一声尖叫，一脸通红地退出人群，引得观众一阵哄笑。

前面所有的把戏，都是为了卖老鼠药。表演结束，"跃伢业"拿起几包老鼠药，大声吆喝起来："老鼠药，老鼠药，老鼠药巧卖啦！上午是一毛钱两包，现在只要五分钱一包啦。"

有时，家里会养只猫对付老鼠。老鼠不仅怕被猫逮着吃掉，更怕猫叫，只要"喵"的一声，老鼠就诚惶诚恐，数月不能生产小老鼠，从而降低了老鼠的繁殖密度，减少了鼠害。

田鼠

瓜田鼠，偷吃瓜。

大白天，几只老鼠在洞口张望，没发现异常情况，就钻进瓜田，盯上一个瓜，津津有味地吃了起来。

老鼠们忙着啃瓜时，看瓜人回来了，发现瓜被啃了，顿时来了火，顺手抄起地上的一个长竹竿打过去。

老鼠慌不择路，向瓜田的水塘跑去，看瓜人紧追不放，老鼠没有退路，跳进水里，看瓜人追到塘边，发狠地抡起竹竿，砸入水中,水中掀起一股震荡波,几只老鼠当即脑震荡,浮尸水面。

看瓜人用竹竿捞起死老鼠,一只轻度脑震荡的老鼠,竹竿将它捞到岸边时,它醒过来,乘人不备,一个转身,沿着塘岸边一溜烟钻进草丛,躲过了一劫。

俗话说,龙生龙,凤生凤,老鼠养的会打洞。田野的老鼠,个个是挖掘能手。小小老鼠洞,进洞、出洞、防水、仓储,功能齐全,体系完备,一桶水灌下去,老鼠躲在洞内安然无恙,淹不着它们。即便大雨来袭,稻田灌水,它们也无大碍。

稻田鼠,吞食庄稼。

秋天成熟季节,经过稻田,看到几只老鼠从成熟的稻穗上溜下来,仓皇逃窜,躲进田埂边上的洞穴,沿途留下密集的老鼠爪印,还有许多散失的稻子,洞口一层稻壳。想来它们"忙碌"多时了吧,是在为过冬做准备吗?

不由想起三只田鼠过冬的寓言。

在田野里,住着三只田鼠。秋天到了,三只田鼠开始准备过冬的东西。

第一只田鼠每天都到田野上运粮食,准备冬天食用。

第二只田鼠每天都到田野上运野草,准备冬天取暖。

第三只田鼠每天都跑出去游玩,对粮食和野草不怎么关心,好像冬天永远也不会到来一样。

前两只田鼠规劝它,为即将到来的冬天多准备一些必要的东西,但它只是笑笑,仍然每天都出去游玩,经常玩到天黑才回来。

冬天很快到来了。三只田鼠住在洞里,饿了就吃第一只田鼠运回的粮食,冷了就用第二只田鼠运回来的野草取暖,而毫无贡献的第三只田鼠,自然受到了前两只田鼠的嘲笑。

然而,日子一天天地过去,每天都无所事事地待在洞里,做着同样的游戏,吃着同样的食物,三只田鼠渐渐厌烦起来,感觉到无聊空虚。

这时,第三只田鼠开始为前面两只田鼠讲故事,讲它在秋天出去游玩的时候,见到的许多新鲜有趣的事情,前两只田鼠听得津津有味,生活重新变得充实而有意义了。

这些匆匆躲进洞穴的老鼠之中,不知有没有类似第三只田鼠那样的。

仓鼠

如果给老鼠划分成分的话,粮仓里的老鼠应该属于优越一类,够得上出身"富家"。不必说粮仓的粮食,就是稻场遗漏的、一路搬运落下的、打扫飞溅的,这些散失的口粮,就够它们吃饱了,仓鼠比其他老鼠幸运得多。

躲在粮仓边上的老鼠,吃得胖胖的,身材圆滚滚的,但它们还不知足,还想着粮库和土圆仓里的粮食。

顺着电线,老鼠能爬上粮仓屋顶。从屋顶上找漏洞,找不到漏洞就用牙齿咬,无论木头、泥土还是石灰,它一次次啃咬,挖出一条通道。

一般老鼠会选择在杂物、虫草堆积的隐蔽的地方挖洞,进入粮仓。

其实,对仓鼠来说,粮仓也是高风险地带,因有专人负责防虫灭鼠,防鼠措施相对扎实,老鼠不敢靠近。

溜进粮仓的老鼠,进去容易出来难,一旦洞口被人发现堵死,贪食的老鼠,不久就会因缺水而变成一具风干的尸体。

仰望星空

夏夜，在村里的露天地，仰望夜空。

傍晚，打扫干净屋后那块空地。找出一张木边框的竹床，翻转九十度，从后门侧着身子搬出，放在空地中间。

暮色降临，只等清风，静候明月。

那时候的风，像一个亲密伙伴，一阵风来，像一位好友把手搭上肩膀，无比舒爽。

爷爷拿一把蒲扇，坐在竹床边的小椅子上，蒲扇粗糙，身上痱子痒，就用蒲扇毛边在身上刮；奶奶坐在竹床另一边，手上拿着一把朱红色竹柄的白色羽毛扇摇，扇轻风、赶蚊虫。

寂静之时，细听虫鸣，虫声如流水。

杂草丛里，屋檐墙脚，碎瓦片底，青石堆中，柴火堆旁，蟋蟀、螽斯、纺织娘娘……各种昆虫的声音此起彼伏，像个虫鸣音乐会。

褐色的螽斯，只有一点点的个子，振动翅膀却能弄出老高的声音，叫一会儿，歇一会儿，歇一会儿，又叫一会儿，像个小号手，在音乐会上热场。

织布虫(纺织娘娘)在那边"沙、沙,吱呀吱呀……",摩擦声时轻时重,时高时低,真像有一架木质棉纺车在那里不停地织布,过了一会儿,"织、织……"声音骤然停了下来,换成一个单调的长音"吱——吱——吱——",也许是换了一个动作,声调变了,也可能是织布的线头用完,又开始抽丝纺线起来。

我有些好奇,想寻看纺织娘娘如何"织布",究竟是怎样弄出逼真的织布声。是不是只要大腿动作麻利,配上音响,就能模拟出仿真的效果?

我轻手轻脚走过去,试图捉几只纺织娘娘来玩,结果稍稍靠近,纺织娘娘就戛然而止,像是被谁紧急叫停,没有一点声响。

不过,运气好的话,也能逮到几只穿着一身绿装的纺织娘娘,留心不要碰它的大腿,因为一旦捉住它那对长而结实的大腿,它便会不顾一切地蹬腿逃脱,躯体如箭般飞出,手中只剩一只或两只断腿。少胳膊断腿的纺织娘娘,如果受到威胁,它就没了抵抗的武器(没见过纺织娘娘能再生大腿),它是选择逃跑还是抵抗?如果抵抗又能拿什么武器与侵犯者抗争?也许它很快消失吧。

离开后,墙脚的石缝里、碎瓦片下,蟋蟀和蛐蛐,"啾啾,唧唧"悠扬之声又响起来,一直到深夜。

这会儿,菜园、水塘、屋边几棵梨树和桃树上,萤火虫在那里飞舞,有的三三两两,像飞花绽放;有的排成队,划出弧线条;有的朝低处飞,贴近地面;有的向树枝头高处缓缓飞升。一闪一闪的亮光,像是为夜晚的音乐会点缀灯光。

偶尔,树上知了忍不住叫上几声。这叫声,可能是白天没做完的功课。

这几声提醒了我,我想起从树上抓来的那些知了和地下挖来的那几个知了猴。我从竹床上爬起来,跑回家,打开灯,看养在蚊帐中的知了是否安好。

知了捉来,养在蚊帐里,开始一两天,知了在蚊帐里爬上爬下,我去捉,知了爪紧抓在蚊帐上,我掰开多齿的脚才能拿下。没过两天,知了就不行了,前腿后脚没了抓力,一不小心,就从蚊帐上摔下来,肚子朝上,脚爪有气无力的,奄奄一息。

后悔没有听爷爷的话,知了在家里吃不到露水,养不活的,过不了多少时候,知了就会死掉的!

于是,我抓出来,放养在屋边的树枝上。隔天想起来去看它,早没了踪影。可能知了上树后,获得了天上下来的甘露,起死回生,远走高飞了;也可能被家里那只母鸡当了点心。

躺在竹床上,一边听虫鸣,一边仰望星空。

浩瀚星空像一张无边无际的图画。星空又是一个世界,一个有太多神奇和不可知的世界,一个震撼心灵的世界,一个充满无限遐想的世界。

巨大的银河,横在天际。银河之中,有的地方颜色淡,有的地方颜色浓,许多闪亮的星星在不同位置眨眼。

伸出手指头，点点戳戳，一颗一颗数星星，给星星过数目。

爷爷说，星星只可辨认，不要去数，盯着星星数的话，越数眼睛越迷糊，数到后来，什么都看不清了，也不知数了多少颗星星。

是啊，天上的星星实在太多了，任你怎样数，也数不清呀！

躺在竹床上，感觉天地之间，无比旷达。

苍穹在上，繁星点点，可以往天上想，敞开了想，把一切想象交给星空，和星空交流。

星空。一个神秘的世界，又是一个开放的世界。它之所以神秘，只因为我们还没认识而已；它之所以开放，是因为它能包容一切。

把自己的想象放到星空。星空世界该是何等天马行空。玉皇大帝和神仙居住于此，孙悟空于此一个跟头十万八千里。只有在星空世界，才能"神"来"神"往。

我们小伙伴翻跟头，只能在晒谷场、在屋子堂间、在床铺、在乘凉的竹床，从这头翻到那头，翻出米把多的距离，已是了不得。

思绪飞上星空，不用做梦，已然仙境，有的是想象空间，有的是神话传说。

星系中，北斗七星最好辨认。

北斗星像一把汤勺,斗柄三星为杓,盛物四星为魁。斗转星移,斗柄转向,可辨四季:斗柄东指,天下皆春;斗柄南指,天下皆夏;斗柄西指,天下皆秋;斗柄北指,天下皆冬。

北斗七星又像一辆马车,那四颗斗魁星算作马车底座,斗柄的那三颗星像个车把。这辆北斗七星车是专为天帝服务的宝座,一直等候在紫宫门外。

也许跟古人崇拜猪的观念有关,北斗七星有猪星象一说。唐代天文学家僧一行,就有以猪星象救王姥之子的故事。

僧一行幼年家贫,多得邻居王姥救助。僧一行长大后,遁入佛门,修成正果,常思回报对自己有恩之人。

正逢僧一行得幸于唐明皇之时,王姥之子欺君犯上,有杀头之罪,被关进大牢,秋后问斩。王姥无奈,向僧一行求助,僧一行开始感到为难,但王姥有恩于己,自己怎么能有恩不报呢?于是他思来想去,终于想出了一个瞒天过海的"法术"。

僧一行叫寺院的人从空房搬出一口大瓮,随后叫来两人,授之以布囊,说:"某大街有一处废园,你们在中午时分潜伏其中,及至黄昏,定有东西进来,即刻捉住。捉到第七只时,就把袋子牢牢系上。要是跑了一只,拿你们是问!"

两个手下答应后潜于园中。黄昏前,果有一群东西冲进来,细观之,乃是猪,正好七只。于是手下捉来献给僧一行。

僧一行大喜,叫人把猪装进大瓮,覆以木盖,封以六一泥,朱笔题梵数十个字在上面。

捕捉了北斗星象的七个精灵猪,北斗星暗淡下来。这天象立刻引得天下和唐明皇恐慌,据星象占卜卦判断,北斗为人君之天象,异常,会有水旱霜冻灾害,关系天子和国家安危。唐明皇急忙向僧一行讨教救助天下的良方。

僧一行说:"陛下只要做一件盛德大事,就能感动星辰。佛门主张宽恕一切人,要说大德嘛,莫如大赦天下。"

唐明皇照办。由此,王姥之子得救。

第二天傍晚,太史官奏报,天空出现了第一颗星。以后一天一颗,到第七天全部出齐,恢复正常。

银河,晶莹闪耀的星群,繁星清辉组成银白色的光晕,有的地方深,有的地方浅,恰似银河之中冒着的珍珠泉,若有若无,在深邃广阔的天空,柔和似絮。

渐渐认识银河系的其他星:启明星、牛郎星、织女星……对它们传说的内容有许多好奇和遐想。

比如牛郎织女的故事。牛郎肩挑两个箩筐,一头装着一个孩子,过银河上天桥,要走多远的路?多久才能与织女相会?累了在什么地方休息?哪些神仙在帮他们相会?我更加担心牛郎箩筐里的小孩子,如果他们探出头来看,四边空荡一片,会不会恐惧?银河既然是河,那河里像水一样的东西,怎么能悬浮得住呢?

仰望星空,偶尔看到流星划过。

"看,流星,流星!又一颗流星划过!"有人惊叫着、指点着,像是提醒,又像是分享,毕竟流星转瞬即逝,错过了,就看不到了。

流星飞快划出一条银白色的线条，在最亮的那一刹那，消失得无影无踪，让人看到星空深邃。有的流星消失后一会儿，猛地听到轰隆一声，巨大的鸣炮声响，吓得人为之一震。

瞬间几秒钟，匆匆一个笔画，是天神在星空上写字吗？

重笔画被人看见，还有许多的笔画，可能轻而淡，是点，是捺，是横，是竖，是竖弯钩，人们看不到，轮廓和形象只能想象。

所以天神在写什么？不晓得，但可以猜想。

星空下，看星星，讲星星，也讲月亮。

月光之下，奶奶教过以"月亮"打头的童谣：

月亮粑粑亮堂堂，照见外婆洗衣裳；

衣裳洗得白洋洋，送小哥，上学堂；

学堂高，打把刀；

刀又快，切根菜；

菜又长，捏点糖；

糖又甜，放点盐；

盐又咸，腌只鸡；

鸡又叫，杀了！吃了！困——觉——觉（睡觉）！

"奶奶，你们吃过了吧？"

"吃了,你来洗衣裳了?"

村里的一位大嫂,到水塘边清洗衣服,她一手拎着一桶家人换下的衣服,一手拿着棒槌,跟奶奶搭讪。

门口池塘,一轮月亮落在水塘中。月亮照着村里来洗衣裳的大嫂,照着她拿棒槌捶打青石板上的衣裳,然后把衣裳丢到塘里水中漂洗。塘中掀起波纹,水中的月亮被弄碎。

洗衣裳,又像水波洗月亮,月亮也在水中漂荡、晃动。

衣裳洗完,洗衣人起身,拎起洗衣桶,拿起棒槌走人。回头看水面,月亮又在水里圆圆的。

月亮在水塘中挪移,慢慢地爬上了岸。

望着天上的月亮,我曾经问过,为什么月亮上只有吴刚和嫦娥?为什么上去的仙人那么少?他们在月亮上如何守着那份孤独?

没有得到回答。却听到了另外的传说,月亮上有棵桂花树,吴刚有的时候会去砍那棵桂花树上的树枝,只有起得特别早的人,才有可能捡到那样的桂花枝。如果捡到的话,家中一年四季的柴火就不用发愁了。

一截桂花树枝,将天上神仙事和人间烟火气贯通到了一起。

一个人月夜回家,独自走在田野中,自然和月亮成了陪伴,夜归的人不自觉地寻找到属于自己的那轮月亮。

月亮走,我也走;我走,月亮跟着走,不知是我跟着月亮走,还是月亮跟着我走。

寂寞的话,可以看月亮在白莲花般的云朵里穿行。

月亮在云中进进出出,像躲猫猫似的,躲藏一会儿,过一段时间,一点点露出脸蛋来,月钩,月弧,月牙,半月,满月,直到没有一丝云遮挡,月亮才悬挂在天空。

天上的云,一团团,一朵朵,月明星稀时,月光少了星星的陪伴,却有了云的装扮,是另一种光景。

过龙

记忆中的一场风雨，发生在清明前后。那时，家里泥屋已经改造，土坯房改成了低矮的青砖瓦房。

那天中午，乌云罩住了天地，整个世界一片阴暗，好像在酝酿什么。

风挟着雨，雨裹着风，搅得天昏地黑，那阵势似乎要把整个村子从地上掀起来，带到天上去。

风摇着房前的树，一排刺槐被按低了头、弯下了腰，两棵高大构树上发黄的叶子被风雨一阵阵摇落。叶子在地上连滚带爬，有的打着转，撞到墙脚边；有的旋转着，飞上房顶。

房顶上，风怒吼着，不时有小瓦片被风吹得翻跟头，哗啦哗啦直响。

闪电划破乌黑的天空，劈下来。响雷轰鸣，震得耳朵嗡嗡直响。

风暴恨不得一下子卷走整个房子和屋子里的人。我在惊恐中，小心瞥一眼柱梁和屋架，房梁发出"嘎吱嘎吱"的声音，被风雨撼得摇摇欲坠。

雨点噼噼啪啪，一阵猛过一阵，淌水沟里的水一下子溢满横流。

屋檐下，雨被风推搡着，冲锋似的破门而入。

家里那扇沉重的朴树料大门原本虚掩着，此刻被狂风毫不客气地撞开，撞到门边墙壁，雨水顺势从石门槛上灌进来。门后门闩撑杆的石坑，不一会儿积满水。风吹过来，雨丝被风裹挟到屋子中央，弄得我们一脸雨水。

两扇大门在风雨中推开、合上，合上、推开，来来回回，最终，一股强风把大门贴在门后的墙上。

狂风卷起邻居家茅草屋上的稻草。那些没有被石头压实和被绳子羁绊好的稻草，在风雨中横飞。

堂前的几张贴画，有的被风撕下扔到角落，有的虽没被撕下，但被风刮得不停作响。

我躲在桌子底下，桌上那本《草原英雄小姐妹》电影缩影的小人书，被风翻得哗哗作响，仿佛风在翻看、阅读，模仿电影中那种草原上吹掉一切的风暴，让人找不到东南西北。

爷爷半蹲着身子，飞快跑上去关上了大门，插上门闩，顺手带过一张长条板凳。他蹲在两张凳子下方，拿起身边的铁畚箕，尽力敲出最响的声音。我也在桌子底下，跟着敲起搪瓷脸盆。

"过龙！过龙了！"

"秃尾巴龙回来祭娘了！"

"过龙"时，村里每家每户拿起家里的搪瓷脸盆、搪瓷茶缸、铁桶、铁皮畚箕等能敲打出声响的东西，使劲敲打，发出最大的响声，意思是跟天上飞越的"秃尾巴龙"打招呼：下面有人家，切勿伤人。

过了好一阵子，风雨发威的劲头过了，消停下来，变得柔和起来。

打开大门，外面一片狼藉，但乌云散去，天地亮堂起来。

"过龙"是我最早感受到的自然的力量，在大自然面前，人是何等渺小。大自然发起威来，那么无情，那么令人生畏，这也许就是自然野性的一面。

"过龙"之说，源自于一个"秃尾巴龙"的传说。

相传很久以前，本地的东部山区，漆桥河上游的里溪一带常遭旱灾。在龙墩头村，有一童养媳虞氏，用器皿放在屋檐下，收集雨水解渴。器皿中有一血丝，虞氏没在意，直接饮下，不久便怀孕，生下一个人面蛇身之物。恶婆婆把人面蛇身之物丢进村里的大粪坑中。虞氏偷偷将其捞出，养在里溪河里。

此后，每逢虞氏到溪边淘米洗菜，人面蛇身之物便向她讨奶。恶婆婆发现后，嫌人面蛇身之物吃奶时间长，耽误虞氏做家务，让她在人面蛇身之物吃奶之际，将其砍死。

虞氏无奈，只好照办，但又不忍心了结它的性命，于是只用菜刀砍掉人面蛇身之物的一条尾巴。

结果虞氏砍下之后，眼前瞬间云雾翻滚，浪花飞溅，人面蛇身之物现出龙形，变成一条巨龙，一条"秃尾巴龙"。

"秃尾巴龙"疼痛,在水中翻滚,掀起一个大土墩,将虞氏埋于土中,后人称此坟墩头为"龙墩头"。

"秃尾巴龙"忍痛绕着坟墩头来回地转,而后昂首向天,长啸一声,一头栽进河中,游出里溪,沿漆桥河,顺流而下,从驼峰口进入固城湖,过红沙嘴、朱家码头、渡船口,进入官溪河,最后潜入水阳江。

"秃尾巴龙"每游出一段路程,就回头看一眼里溪河边的山岗上母亲的坟头。

每次转身回望,它便在河边留下一道港湾,一路二十四次回头,在河岸线上划出二十四道湾。

打这以后,每年清明时节,"秃尾巴龙"循着那二十四道湾,游到母亲的坟头,祭拜母亲。

每逢清明时节,空中总是电闪雷鸣,风急雨骤,河水不断激起洪波巨涛,声浪雄浑、激越、悲怆,振聋发聩,仿佛是大自然奏的哀鸣曲。

当地人把这种极端的风雨现象,称作"过龙"。

"过龙"传说是什么时候形成的?又经过什么人整理?什么时候开始在民间广为流传?

一个传说的形成,肯定有它的来龙去脉。而解析这个传说的背景,自然离不开当地的地形、气候、人文、水利等。

我们不妨从这个区域的地形地貌入手。

假如扒掉本地所有围起来的圩堤,还原地形本来的面貌,让水复原到原始的位置,那这个地方东高西低,东部丘陵山岗,中部丘陵与湖水各半,西部一片湖面。

东西走向的山岗,贯穿高淳的中间地带,从漆桥集镇的双牌石山岗开始,一路往西,直到县城所在的狮子山。山岗两边是古丹阳大泽演化而来的湖,南面是固城湖(小南湖),北面是石臼湖(北湖),这一带俗称"半山半圩地区",即一半地是小山岗,一半地是湖边圩田。

山岗南北两边又派生了许多的山岗丘陵和沟壑,山岗丘陵上有村庄,沟壑里是田地。南边的山岗丘陵和沟壑伸进固城湖,北边的山岗丘陵和沟壑伸入石臼湖。从空中俯瞰,四十多里的地方,宛如一条不规则的巨型蜈蚣,卧于两湖之间。

再来看发源于龙墩头的漆桥河。

据考证,两千五百多年前的春秋时期,这里是原始的地形地貌。漆桥河时称漆水。漆桥河入湖的喇叭口,在驼头与固城两块陆地之间,间隔宽而深,最宽处有三点五公里。往上追溯,在旧镇那里,河面宽两公里,再往上,河面愈来愈窄,河床两岸最终交集于龙墩头村,就是传说中"秃尾巴龙"的诞生之地。

河床的北岸,村庄大体分布龙墩头—旧镇—早御巷—丁檀村—祠神渡—檀溪渡—驼头村一线;河床的南岸,村庄大体分布陆家埂—嘶马村—界墟—庙岗镇—路西—后埠—瑶园—固城一线。

时光流逝,这些村落边山岗丘陵上的泥土分化,河流上游冲刷下来的泥沙不断淤积,"河漫滩"形成,并日益扩展增大,河床开始向中心线萎缩。

原来的农田,远离水源,灌溉不便,人们逐渐转移到河滩上耕种。开始时是试探性的,枯水期种"散滩田",每年还赶在洪水来临前,抢收一季麦子或油菜。后来随着河滩的成熟、迁徙人口的聚集,渐渐人多田少,吃饭成为头等大事。一开始每个村子小打小闹,在村边滩地上围湖造田,后来就一发而不可收。

于是原来水面宽阔的漆桥河,两边围堆起满满的圩垸:朝阳圩、保城圩、天保埂、跃进圩、驼头老圩、驼头新圩……一个又一个圩垸,像河蚌一样密集地附在河岸边。

一个个弯曲的圩垸像一张张弯弓,形成了二十四道湾,守在河边;一条又一条圩堤像铜墙铁壁,挡住河水,使得田进水退。

漆桥河渐渐被挤压成一条弯曲的、宽度为两百米到一千米的水道。

"过龙"是当地人对自然现象的说法。人们在"过龙"时的一些传统做法,比如拿起家中所有铁器敲打,想法子发出最大的声音,也许是人与自然的交流吧,是想告诉上苍什么,还是在警醒自己?

不管怎样,人们不能拒绝和排除气候灾害影响,也无法拒绝和排除气候灾害影响。

追鱼

鱼没有脚,鱼来,鱼往,鱼永远在前行路上。

我们在追鱼中,感受它们的生命力,接收它们的讯号。

(一)

上水鱼

春风,春雨,春水流。

春风唤醒大地。

伴随着由远而近的滚滚春雷,江南大地的一切生动活泼起来。

春雨绵绵,滋润着每个生命。春水四处奔跑,打探着各方动静。按捺不住的鱼儿们,乘着流水,不停地东串西走,从这方水域游到那方水域,踏上没有预约的访亲之旅,踏上没有归程的寻源之路。

一夜春雨,天刚放亮。屋外的雨还在下,水在流。

我和弟弟一道出门,头戴箬笠,抄一张弯弓口的渔网,背一只竹篓,赤脚走在雨中泥泞的小路上,寻找布下渔网的水潭缺口。

有流水的地方,就有鱼儿活跃。

我们看中了村边两个水塘之间的一条流水沟,在一个低处落口布下渔网,在泥土里踩实渔网,手伸下去摸索一番,防止渔网沿口与泥土坝间有漏洞。然后,在流水沟中来回巡逻,折一根树枝,从上往下撵鱼,撵到落口,提起渔网,鱼儿在渔网中乱跳。用手把鱼一条一条捉起,装入竹篓。鱼儿在手中挣扎,摆动身子,尾鳍上的水珠溅到身上,沾一身鱼腥气。

没多久,全身湿透,箬笠也不知丢在哪里,也没心思顾及,全部精力只放在追鱼上。

后来,整个人下到水沟里,手脚并用,掀起水浪,在水沟里赶鱼,将躲在水花生、龙须草、菖蒲、红蓼……中的鱼儿赶出来,被赶的鱼在沟中乱跳。

沟中偶尔有坡坝。有一定高度的坡坝,流水会变浅,只有脚面深,虽然流量小,但流速快。鱼上水过坝,滑脱一些的鱼,一使劲,一个猛冲,就一下子溜过去了;有的鱼冲劲不足,鱼鳍鱼尾搅得水"哗啦哗啦"直响,就是过不了坡坝,露着个鱼背在水面,几次上划到半途,又被流水冲刷下来。

我们听到被鱼搅动的响声,就跑过去,生擒活拿。

扳鱼虾
漆桥河进入湖口的圩堤上有一棚子,老人守着一张拦河网,扳罾网。

半个篮球场那么大的网，中间和两边镶嵌着一些铁坠子,张网下水,定时用辘轳摇网,扳起罾网,所有过往的鱼儿被一网打尽。

回家后,砍一些竹子,用那种粗细、长短不一的竹子,模仿拦河网的样式,再剪一块一米左右的白棉纱布,自制几个小巧玲珑的罾网。

到水塘里摸几个河蚌,剖开,将蚌肉缝在纱布底部,拿报纸包上一包麦麸和油菜籽饼,带到水塘边。

提起小罾网,放下,隔一会儿,再提起就能有鱼虾。不时添加麦麸和油菜籽饼到蚌肉饵料旁边,再放下。几把小扳罾网轮流操作,能扳到不少的虾子和小鱼。

那时,爷爷生病,由于医疗条件落后,不能手术,只能躺在那张能上下调节高度的竹椅上,用一些土方偏方治疗,苦药吃了不少,却不见效果。

一次我和弟弟拎鱼篓回来,鱼篓上还滴着水。

爷爷从躺椅上爬起来,看见小鱼和河虾在鱼篓中跳,高兴得很,像是夸奖,又像是安慰:"不哈(错),不哈(错)啦! 你们都学会扳罾了,自己能弄得到鱼虾来,以后不担心没鱼吃了。"

捞鱼

稻子生长过程中,稻田里的水缺不得,缺水了,就从田边水塘中取水,有时指望老天下点雨,缓解一下,但老天却与人对着干,总不下雨。

干旱一天比一天严重,塘里的水被抽得差不多了,只剩下塘底那么一小截子。

"捉干塘鱼去了!"不知谁喊了一声。

村里男女老少全部出动,拥到塘边。水塘边黑压压的,围满了人,年轻的小伙子先跳到水中,手里端着渔网,在塘底水中来来回回,一边用网凭感觉捞鱼,一边把水搅浑,不停地搅,不一会儿塘里的水就被搅成泥浆水。泥浆水中缺氧,鱼儿没法呼吸,各种鱼儿先后露头,翘嘴鱼、麦穗鱼和鲢子鱼最先浮了上来,最后是鲫鱼之类的,嘴巴一张一合,发出"吧嗒、吧嗒"的响声。只有黑鱼和泥鳅往泥巴深处里钻,不浮头。

塘边的人,眼睛瞪得大大的,观望着水面,手里提着渔网的,候着捞鱼;没渔网的,拿个竹篮子,一见鱼露头,猛地冲过去,扑向鱼儿张嘴巴的地方,抄过去捞起。

发现鱼头大的,心急的人干脆冲入水中,双手猛地一把抱起鱼儿。

那些鱼儿不久就成了家里的盘中餐。

打鱼

月光下,在水塘边乘凉。

邻村的那个打鱼人,隔上几天,又来水塘边打兜兜网。

把弧形的兜兜网撒下水,拿两根撑竿顺势驱赶,收缩合到一起,然后把撑竿抵到小腹部,一下子将网兜撑出水面,兜网在空中晃几下,网中水渗出去,网兜竖挂着晃到打鱼人眼前,网底现出各式各样的小鱼:小鲫鱼、小白条、泥鳅、麦穗鱼、鳑鲏鱼、痴虎、食蚊鱼、刺鳅……

打鱼人操一个破旧的葫芦瓢,伸进兜兜网中,把鱼儿从里面掏出来,挑拣丢弃掉葫芦瓢中的螺蛳、腐树枝、落叶,将鱼反手倒入背篓中。

有时候,打鱼人白天来村里的水塘边撒旋网。打鱼人注视着前方水塘的水面,然后站直,提起一绺一绺理得整齐的渔网。一个纵身旋转,手中的旋网抛撒出去,弧形状的网兜扑棱棱钻入水里。

停顿一会儿,慢慢收网,拉到岸边,网到岸边已成口袋形,猛一下起水,拽上岸,打开网兜,水中的鱼儿就这样被"请"进了鱼篓。

有时打戳网。戳网单人操作,用两根竹竿做成"X"形,三面与底部蒙上网片,制作成小型野营帐篷的式样,再配一根驱赶鱼儿入网的"4"字形"赶扦子"。

打戳网时,人带着戳网下到浅水中,水中按入戳网,"4"字形竿子从两米左右的外侧,向戳网边不断戳过来,当驱赶的竿子戳到网口时,一下子提起戳网,出水,被赶进来的鱼虾在里边跳了起来。

捉黄鳝

黄鳝在有水的泥岸边穴居,主要生活在稻田埂边、渠道旁、河塘边。村子边的水系发达，自然有不少黄鳝。

插秧季节，稻田边的黄鳝夜晚出来觅食。这时准备一把竹夹棍和一只手电筒，沿稻田岸边走，就能看到黄鳝。手电筒一照，黄鳝基本不动，这时拿竹夹棍可以轻松地将黄鳝夹住。

黄鳝笼是一种竹篾编制的笼子，长筒形，头部大，进口敞开，里边一圈有弹性的竹篾倒刺；笼子中细竹篾条穿一条蚯蚓，插在笼子中做诱饵；小头为底部，可以用稻草把扎好，塞住。

黄昏时候，挑上十几个黄鳝笼，将黄鳝笼子揿入稻田边或水沟边的软泥中，泥浆掩埋半截，进口和水中泥面相平，静候黄鳝入笼。第二天早上，收笼子，可捉到不少黄鳝。

黄鳝也可以钓。先做一根黄鳝钓钩，找一根粗铁丝，一头磨尖，弯成一个小钩，能穿上蚯蚓就行。讲究的人，拿一根家里纺车上废弃的锭针，请铁匠专门打造一个黄鳝钓钩。

钓黄鳝的关键是寻找黄鳝洞。熟能生巧，村里号称"黄鳝精"的人，在稻田埂上走一遍，就知道埂下面有几个黄鳝洞，里边有多大的黄鳝。

钓黄鳝的时候，蚯蚓留一小截在钩子外，蚯蚓不停摆动，钩子弯头朝下，伸进黄鳝洞中，黄鳝张口啜吸。钓黄鳝的人感觉黄鳝上钩了，手臂一抬，把钩子从洞中拽出。

有时，我到水塘中去钓黄鳝，在水塘岸边有洞的地方，用中指和大拇指弹水，弄出闷声响，模拟出一种声音，想吸引黄鳝觅食。其实，黄鳝听力不好，捕食主要靠嗅觉，用手指弹水，弄出声音，不过是一种自我感觉良好而已。

螃蟹

秋风起，蟹脚痒。

夜晚，螃蟹从水中爬上来，沿一定的方向和线路，寻找它们洄游的归家之路。

只要看那稻田边和流水沟里密密麻麻的爪印，就可以想象，村庄湖边一些近水的地方，夜幕之下，有数不清的螃蟹在行动。

鱼有鱼路，虾有虾路，通晓鱼虾门路，这种人算是鱼精一个，但毕竟这样的人不多。

村里有位高手，不仅知晓鱼性，识得虾路，还有一手——辨得螃蟹线路。

有人说，鱼心比人心齐，鱼儿心齐，齐整到让人都不敢相信的程度。螃蟹也差不多，心也非常齐，前面一只螃蟹爬过的路线，后面的追随者前赴后继。

一个漏洞，能爬掉一个水塘中的所有螃蟹。

一根粗草绳，也能收上满满一个背篓的螃蟹。

夜晚，没有月光，天地之间黑得一塌糊涂。

村边有一条通往固城湖的河港（河沟）。

村庄、田野、河港、圩堤上的行道树，一切都在黑暗笼罩之中，只有村子边有几点零散微弱的光，像是从洞孔中漏出来的。

黑暗中，一个人走在圩堤上，手中提着一盏马灯，光亮投在地面上，马灯晃动，光亮也摇摆，照着他晃动前行的脚步，两只穿着草鞋的脚,不急不慢地走着。有时,拎在手上的马灯不时与圩堤两边的野草及伸向路中的矮树枝摩擦,发出细微的响动。

秋风吹来,路边树叶沙沙作响;秋虫在草丛中叽叽啾啾地对唱;细浪在水沟中轻声地交头接耳。

那人来到河港的一个转弯处,放下肩上的一捆稻草,坐在青石块上,搓出一根粗糙的草绳。

弄好后,走下坡,找一石块,系上那根粗糙草绳,然后瞄准某个方位,掷出石块。扑通一声,石块带着一截草绳沉入水中,剩余的草绳浮在水面,另一头系在堤岸的树桩上,树桩前放一盏马灯。

黑暗里,那盏灯如豆、如火、如星。

静静等候。

沙、沙、沙……

有动静朝光亮的马灯方向过来。

来了。第一只螃蟹,顺着毛糙的草绳爬上来,在圩堤上的马灯处被他拿住。

马灯下,只见一只螃蟹,两只大螯张开着,瞪着黑豆般的眼睛,紧盯着捉螃蟹的那只手。

过不了多时,更多的螃蟹前赴后继地爬过来,一个个被拿起来,投进竹背篓里。竹背篓装满了螃蟹。

乌云散去,月亮也慢慢从云堆里出来,天地之间亮了许多。

冬天摸鱼

冬天的北风刮起来,凉飕飕的。

一个晴天的中午,摸鱼的人穿一件从脚到脖子的皮水衣——皮水衣防水,扛一把两齿的鱼叉,背上一个鱼篓,下到齐腰深的水塘。

天寒地冷,鱼塘的水温比地面温度略高一点。这时,水塘中的鱼扎堆,挤在一起,或在深水处或钻进洞穴中,不怎么游动。

摸鱼的人在水塘中,用两齿鱼叉的长杆和竹竿击水,掀起一阵波浪,波浪一边朝水塘中涌去,一边朝岸边涌来,撞上水塘沿岸的泥土、石壁、树根。波浪平息下来,摸鱼人将手中的鱼叉往前方一掷,插在前方水中,弯下身子,从岸边的石头缝、大树水下盘根错节的空隙间开始摸鱼,一条条的鱼被送进背上的鱼篓里。

(二)

追鱼,从水塘中、水沟里、河港边,一直追到湖里。

湖里捕鱼,人和鱼就有了更多的"斗智斗勇"。

麻罩

湖边流行一句俗语:"又没底,又没盖,拿起鱼来,又飞快!"说的是用麻罩在湖里捕鱼。

麻罩是用几根竹子搭成的一个空心的圆锥体,表面蒙上渔网,锥体上端空着,下端挂一尺多长的渔网,渔网边缘用几根细线系着,细线的另一头从圆锥体内牵到锥顶,由渔人一手抓着掌控,随时将垂下的渔网吊拉起来。

冬天,渔人坐小船划行在浅水湖面,遇到水潭水坑,觉得水中有鱼,就将麻罩按入水中,举一根长竹篙,从麻罩的锥顶,快速戳进麻罩内,搅拌驱赶。鱼受惊,向四周散开,撞上渔网内壁。渔人感觉到鱼触网,将抓在手中的线提起,撞网的鱼就落入拉起的渔网内了。

踩脚迹

冬天,枯水期,水位下降,平均水深一米,除一些深水坑外,湖底平坦。

冬天的西北风呜呜直吹,天寒地冻,整个湖面茫茫一片。

与湖里鱼打交道的"老把式"抱一捆芦苇,赤脚下湖,慢慢走入刺骨的水中,每走一步,五个脚趾便使劲踩一下,踩出一个不深不浅的水坑,顺手在脚印水坑上插一根芦苇。一路踩下去,湖面便竖起一串儿芦苇。

夜里,北风刮得紧,鱼儿无处可躲,四处找洞穴,见脚印水坑就钻进去。

第二天早晨,渔民下水摸鱼,沿着芦苇的标记,一个脚印一个脚印地摸过去。幸运的话,一个脚印里就有一条鱼,有点像在收割的稻田里拾稻穗一样。

就这样,一尾鱼一尾鱼都捉上来!

捉手索

二十世纪七十年代末,流行起一种皮衣(又叫水裤子)。皮衣制作简单,剪开几个废旧的汽车内胎,锉平,裁成一块块的,像做衣服一样用胶水粘起来,制成一件衣裤连体的皮衣。有了这种皮衣,就产生出了另一种奇巧的捕鱼方式——捉手索。

捉手索,只适合在冬天湖面的浅滩上。

冬天,一些鱼儿为躲避寒冷,喜欢一头钻进小孔小洞里,尾巴却翘在外面。

捉手索需要几个人合作。用一根又长又粗的麻绳,最好浸过猪血,两头各由一个人牵着,麻绳上隔一段距离,下挂一块砖石,两个人拖着绳子,"一"字形在水里横着一步一步向前走,绳子后面跟几个人,观察水中动静。

绳子从水底澄清的泥巴上拖过来,如果拖到尾巴翘在外面的鱼儿,鱼儿便懒洋洋地摆动一下尾巴,这时一股浑水就冒上来。跟在后面的人伸手去摸,一摸一个准,如同在沙滩上捡贝壳。

拦网筏

筏是一种古老的捕鱼工具,旧时以竹片密插于水中,围成椭圆形,留有敞开的缝口。鱼儿若游进去,只能沿着设计好的路线,弯来绕去,东拐西拐,最后被诱骗到一个死胡同里,等着捕鱼的人把它捞出。

这是竹筏。

竹筏水中安插布阵比较费事,需要把一根根竹片插入水中,形成一个阵式,费工夫,费材料,成本高,也不方便操作。

后来,大片的渔网织出来了,网筏逐渐代替了竹筏。网筏用长条形的渔网片代替竹片,间隔一段距离,用毛竹打桩,两根桩子之间,裹上渔网片,这样弯来绕去地布下阵式,两头各有一只敞开的倒须口。那些贪玩的四处转悠的鱼,一旦进入网筏中,只能贴着网片游,最后游走到倒须口袋里,才发现游不出来,被困住了。

网筏,就是捕鱼人给鱼摆的一个"八卦阵""迷魂阵"。

捡鱼

湖边还有捉鱼的一个"绝招"。

冬季枯水,滩上只有一层浅浅的水。刹那间吹来的强风,像从山坡冲下的一群野马,将浅滩上的水,一扫而净,剩下一片浅滩泥巴,还有泥巴里的鱼。

发现这个情况的渔人,辨识天气,在强风过后,带上工具,在浅滩里捡鱼。

也有人预先在浅滩上挖一些坑,等强风扫过,浅滩裸露,鱼儿掉在坑里,就去坑中捡鱼。

碾坊之谜

碾坊，过去村里的排灌站，是两间老旧、狭窄、低矮的青砖瓦房，像个披着蓑衣戴着斗笠的孤独者，蹲在荒野中。

排灌站里，原先是一台"苏联式"大马力的柴油机，连着一个老高的铁皮烟囱。烟囱笔直竖立，接出屋顶。柴油机一开，黑烟直冒，机器轰鸣的声音如雷一般，震动起来，像小型地震一样，房子外水沟里的水都被震出一层层的波纹。为了不让柴油机移动，柴油机四角分别固定着结实的木桩。

大马力的柴油机连着老粗的水泵，那水泵粗得一个人抱不过来，水泵一头扎在河港中，一头架在山岗渠道口。周边田地缺水时，柴油机抽水，水从水渠跑向田野庄稼地里；洪涝时，柴油机抽出低洼处的水，绕几个弯，把水送到盛水蓄水的湖里。

排灌站坐落在几个自然村之间的三角地带，哪都不靠，孤零零的。窄窄的两间房，矮墙上的石灰斑驳陆离，似有似无。有些地方瓦缝开了，像是被什么动物进进出出地碰过，漏光。

屋顶上长了一些青苔和瓦松，外墙的外面有一条浅水沟,一年四季水不断,因此,挨着水沟的墙基大青石上,长满绿苔和蕨类植物。

屋边有几棵长得古板的老杨树,隔一条土路,附近有一片青草茂盛的坟场。

村里通电了。一个从南京下放到村里的知识青年,找人托关系,给村里置办了两件大电器:一架大功率变压器和一台大功率电动机。

大功率电动机用在排灌站,换掉原来的"苏联式"柴油机,功能上"一机两用",既抽水也碾米。不抽水时,用来碾米。毕竟排灌抽水,只有在抗旱或排涝的时候才需要,一年用不了几天。倒是碾米加工是经常的事。这样排灌站就变成了碾米坊。

村里为了照顾一位参加过抗美援朝复员返乡的志愿军人,让他管理抽水站和碾坊,复员的志愿军人单身一人,人们喊他时,总是把他的名字和辈分连在一起:年春爷。

碾米时,要启动两个开关,一个是电压补偿器,一个是电闸。一般戴上皮手套,先启动电动机,机器转动起来,才抬起挑来的稻子,添加到碾米机的漏斗里。如果负重启动,电压太低,电动机会熄火,转动不起来。

有一天清晨,年春爷来到碾坊,开锁,推门,看到眼前电表箱底下躺着一只僵硬的狐狸,吓了一跳。

年春爷没弄明白怎么回事,也没在意发生了什么,只是拎起狐狸尾巴,走出碾坊,来到坟地边,将狐狸掷了出去。

年春爷嘴里还念念叨叨:去吧,你这个仙家,从哪里来的,还到哪里去!

又是一个清晨,年春爷推开碾坊门,电表箱下又躺着一只僵硬的狐狸。

这是怎么回事呢?

那天,太阳快下山的时候,年春爷忙完一天的事情,走在回家的路上,碰到一个挑担子的人。挑担子的人对年春爷说:"年春爷,你那个碾坊,有的时候,夜里机器隆隆地响,你是不是忘了关电闸就回家了?"

"不要胡说八道,我从来不开夜班,夜里机房哪会有响声?哪来什么动静?怎么可能有轰隆隆的声音?"年春爷嘴巴上在反驳,但不由得想起他连续两次捡到死狐狸的事情。他有些犹豫,边走边自言自语:"莫非是它们捣的鬼……"

"不骗你的,我好几次夜晚打碾坊那边经过,都听到电动机和皮带的声音!"挑担子的人走过一段路了,还是转过头,说了这样一句话。

越是看不见的,越想看到;越是猜不着的,越想知道它的底细。

年春爷开始关注狐狸的行踪,但一无所获。

他不知道,之前狐狸是从坟场那边出来的,经常到碾坊这边来。

那天,两只小狐出来,前行的路线没有规则,有时一条直线,有时弯弯绕绕,有时会停下来,像是等候或聆听什么,又像是在嗅闻着什么。

几只青色大蚂蚱在田埂上弹跳，打飞旋，一只小狐冲过来，扑上去，将蚂蚱按在前爪下，抬起一看，蚂蚱迎风弹起一跳，呼哧一下飞起来，逃走了。连续几只都落了空，两只小狐紧追不放，两头夹击，终于逮着一只，送进口中。

两只小狐去碾坊那边，经过一条机耕路，一边打闹，一边向前。前面一只小狐趁后面那只小狐开小差，独自跑到碾坊边，先躲在树后，另一只小狐在后面开始没在意，等回过神来，看不见前面那只小狐的影踪，四处张望，也向碾坊跑去。前面那只小狐等到对方经过树边时，突然蹦跳出来，朝着对方大声叫，吓得对方一个激灵。

天没亮，大地一片寂静，两只大狐狸外出觅食。

两只小狐留在洞穴，太阳出来了，它们才钻出洞，玩着它们的钻洞游戏，一会儿从洞中出来，向东跑上一段，折回，钻进洞；过一会儿从洞的另一出口，向西跑去。就这样，东南西北变着法地奔跑、钻洞、钻洞、奔跑。

有时，小狐也会跟在父母后面，到水塘边、河沟旁，学着捕捉青蛙；有时，到田埂下、树丛里，学着怎样捉老鼠。

小狐的父母成熟老练些，但江山易改，本性难移，总改不了好动的习性，发现好奇的，想方设法去模仿，琢磨与它们不一样的世界，逗自己和大家开心。

碾坊在狐狸家旁边。

碾坊屋顶长满杂草，瓦缝漏光，人们觉得破破烂烂，狐狸不觉得碾坊破败，相反，它们觉得这是它们的一个依靠，风雨雷电的时候,它们在这里避难,碾坊有它们殿堂里的梦想。

只不过原来的机器太吵。现在碾坊拉起了电线,架起了变压器,没了如雷响声,没了刺鼻的油烟味道,附近地面也不像地震一样震动,安稳多了。

一个阴雨天,光线不敞亮,公狐悄悄地趴在碾坊屋顶上,从瓦缝间看见年春爷操作机器,两个电闸一推一合,手臂上下几下,机器轰隆隆转动起来,长长的皮带,发出"咔嚓、咔嚓"的有节奏的响动。

公狐心想:要做点有创造性的事情,对得起自己的聪明头衔。它提醒自己:学着点,记好了!

看着年春爷一推一合电闸的过程,它想好了,选一个月明之夜,带一家子过来,给孩子们玩个开心的大把戏。

于是,某夜,母狐和两只小狐留在碾坊屋顶,公狐从瓦缝洞钻了进去,三下五除二地到了电闸旁边。

电动机呜呜作响,长条皮带发出"咔嚓、咔嚓"的声音,一家子手舞足蹈。

好多日子,这一家子都沉浸和陶醉在兴奋喜悦之中。

直到那天,公狐操作中不慎失手,阵亡。

年春爷随手把它丢到坟场。

母狐和两只小狐从坟场拖回公狐,到穴洞边。

月下草丛角落里,公狐躺在地上,一动也不动,突然尾巴上的毛拂动几下,母狐急切地去盘弄,但它始终没有活过来。原来,那尾巴上毛的拂动,只是被风吹动而已。

"这怎么可能呢？"母狐疑惑。

母狐没有让死亡的恐怖罩住，但不能接受现实，它绕着公狐转了好几圈。

原先一家子在一起的时候，虽然日子平淡无奇，但她什么都不用操心。而此刻，母狐的内心像是被什么掉了去，空空的，只剩下那些往事，一幕幕浮现在眼前。

母狐放不下，想起这些，有些心疼。

她接受不了眼前的事实，这到底是怎么回事呢？

她巴不得付出自己的一切，去换回从前那些曾经的拥有，那些曾经的温暖……

几天后，痛定思痛，母狐抚摸了两个小狐好长一段时间，向两个小狐交代了许多，之后自己独自去碾坊。

她要尝试那个过程，想知道公狐究竟被什么伤到，怎么就死了呢？

两个小狐望着自己的妈妈，露出恳切期盼的眼神。

母狐还是去了碾坊……

果不其然，命运终究没有让她逃过这一劫，母狐也失了手。

同样，被不知缘故的年春爷抛到坟场。

从此以后，那里再也没有见到过狐狸的踪影。

也许它们离开了，也许它们行踪更小心更隐秘了。

这就是狐狸一家在碾坊上演的一个把戏，一个为此付出了生命的把戏。

水獭猫

　　每个水塘、每条河沟、每个湖泊都是一方天地,水里的世界总是神秘的。

　　生在水乡,四周是水。

　　走出家门,走几步就是水塘,水塘包围着村庄,填充了村庄里的空荡。

　　田野里,水塘散落,水渠连通,水系密布。

　　下水,玩水,本应是件自然的事。可家里的人总是千叮咛万嘱咐,不让下水,谨慎玩水。

　　都十多岁了,已经背上书包,屁颠屁颠地到三里以外的河城小学上三年级了,家里人还是告诫:路上不要弄水,水里面有水獭猫,水獭猫喜欢拖小孩子。

　　村子里有过小孩落水而亡的事,大人好像认为小孩是被水獭猫拖住淹死的。村里人叫水獭猫的外号"落水鬼"。

　　有一天,邻居队长家不足六岁的小姑娘掉进麻塘里,溺水了,发现的时候已经浮在水面。生命才刚开始就没了。

　　那天晚上,村里的人纷纷到队长家的茅草土屋里,安慰和劝导队长夫妇。

站在大人的后面，看着队长划火柴点香烟的手颤抖不已，好像石磨压在他的背上，他都不能喘气了。

队长的老婆失神地靠在低矮的竹椅上，头耷拉着，没有一点神情。

难道真如人们所说，是水獭猫弄的？

那段时间，小扁头好几次跑来，在我家门外对我比画着一起去玩水，我用手指点点自己正在做的事情，摇摇头，没有答应。

生在水边，水还是那样有诱惑力，招引我们这帮小家伙，心里痒痒的。

那次，村头小机站抽水时，我在水渠里下了水。那水浅，又有那么些人在场，一些小家伙都光着屁股在水中寻开心，我就不自觉地跳到水里。但我不会游泳，只是在水中打水仗，嬉闹而已。

缺水时，管村里田地供水的是三个排灌站。公社一个大排灌站，取水口在湖里深水处，花园村那边，水渠线路长；碾坊那个排灌站是一级机站，取水口在湖里，管一个大队，七个自然村，水可送到村边塘中；后来，村里建了抽水站，是二级抽水小站，水筒子细，扬程高，管水送水，覆盖全村田地。

一旦村里抽水站抽水，我们这些小家伙们就不约而同地过去，像一个节日，一个挨一个，排队似的，挤到抽水站的出水口池边，等待着。

出水口是一个砖砌的小池,长方形,像只大浴盆。

机站抽水了,开机前,先是从池中给抽水机的水泵灌水,一桶接一桶,拎水灌下去,灌到水泵口见水。

然后,对着抽水站的电工高喊一声:可以开机了。

于是,机器一开,水泵出水口"哗……"一下水冲出来,水先在小池子里打个转,溢满后,向渠道流去,流向田野。

小家伙们像鸭子下水一样,不顾一切,跳进水池里,任水冲浪,在水渠里漂流。

身子亲近了水,沾上了水,就像娃娃学步,蹬开了绊脚绳,没有了羁绊,轻盈地朝前迈进,一发不可收拾。

打那以后,我开始下水塘,拖只木盆在塘的边缘浅滩上,摸螺蛳、摸河蚌。当然,我羡慕别人在水中自由自在地划水游泳。

水塘边,有一大一小两头水牛,水牛尾巴摇来摆去,赶着几只飞舞的牛虻,牛虻害怕被尾巴鞭打,从尾部飞到牛头,在牛脑袋上嗡嗡作响。牛忍不了,憋住一口气,一头闷入水中,过了一会儿,像马儿打个响鼻一样,"扑哧"一声,喷出些许水来。

摸螺蛳时,螺蛳掉到塘中深水坑。我下去寻,不小心水淹没了头顶,心里一阵紧张,想不好了,要淹死了。于是在水里乱踩,手慌脚忙地打水,后来身体慢慢漂浮起来,没有被所谓的水獭猫拖住,只是呛了几口水。在这个过程中,我好像通了点水性,于是狗刨似的在水塘里划起来,算是一下子学会了游泳。

听人说，涨水菩萨退水鬼。大湖退水的那段时间，水情复杂，不敢下水，即便下水也格外小心。

不知听谁说，判断水里有没有水獭猫，只要看下水时，吐在水塘边的唾沫变化。唾沫分解化掉的话，就没有水獭猫；如果唾沫不散，就有水獭猫，要赶紧走人。

这样经过了一段时间，害怕的阴影逐渐消散。天气炎热，不管三七二十一，我几乎每天下水，村前村后的水塘泡了个遍。

奶奶还是查得紧，有时，发现我不在家，她就拿上一把破蒲扇放在额前挡着炙热的太阳，朝一些有水塘的地方边走边不停地喊我的乳名，四处找寻。

听到喊声，我躲在水中老杨树桩底下，只露出个头，用手握紧水中的树根，不敢吭声，也示意同伴不要弄出动静。

那时，没见到过水獭猫。

曾经想：水獭猫长什么样？水獭猫是不是长得跟猫差不多大，浑身光溜溜的？为什么说它在水中拖拉小孩子呢？

爷爷奶奶那辈人害怕水獭猫，肯定是有他们的道理。

或许他们在水塘和河里，碰见过水獭猫：晚上的时候，水獭猫从塘中爬上来，在塘边的老刺梨树上看月亮，发现有人从旁边过来，或发现其他情况，一下跳入水中；在河中，鱼群被水獭猫追赶得狂奔乱跳；水獭猫在水中摸到河蚌，仰躺水面，在肚子上拿蚌壳互相敲击，去壳吃肉。

水獭猫喜欢小孩子,可能是因为小孩子落在水中,也是光溜溜的,个头与水獭猫相近,孤独的水獭猫,以为来了个同伴,拉扯着一起来玩耍。不承想,水中的小孩子与它玩不了,被它拽到,不一会儿便在水中窒息,没了性命。

我始终有个疑惑:村里的水塘我们熟得不能再熟,为什么一次也没碰到过水獭猫呢?

可能是湖面越来越小,河沟上坝闸越来越多,水路通道堵塞不畅了;也可能是河沟里的植物被过度砍伐,或者农药的使用,让食物链缺损。那时我常这样想。

总之,湖里、港中、水沟、水塘,这些水獭猫曾经的家园,已没有它赖以生存的环境了吧。

自然界的水獭猫是见不到了,村里一帮子小家伙却成了河塘中的"水猴子",变成了会说话的"水獭猫"。

鸡鸣乡野

是先有鸡,还是先有蛋?

二十世纪七十年代,能吃上鸡蛋,都是奢望,那时村里人不会花心思去讨论这样一个脑筋急转弯的问题。

经历了三年困难时期的长辈,会时不时唠叨过去的饥饿和苦难。奶奶见我们不爱惜粮食,多次跟我们讲,不能忘本啊,不能忘记过去的日子。

后来,粮食有了基本的保障,但一年到头,各种食物仍不富裕,还是相对短缺,营养品更是罕见,村里人筷子不碰荤腥,属于常事,只有逢年过节、亲友喜事,才有肉香美味。

有时,家里用面粉加腌菜卤水,大铁锅煮饭时炖上一碗,开锅时端出来,浇少许酱油,拿羹匙一勺起一勺,像模像样地仿制炖鸡蛋。

开饭时,家里实在没菜下饭,挖一丁点猪油,加几滴酱油,拎起竹篾外壳的热水瓶,打开巴沙木塞子,倒出开水,面上漂些许葱花,就是一碗有滋有味的"神仙汤"。

吃鸡蛋,那叫补营养。家里的鸡蛋,不会随便拿出来吃。

母鸡下的蛋，先收起来，储藏在一个粗陶罐子里，必要时才拿出来。比如上集市，到街上兑换点日常用品；比如招待好久没见的长辈亲友；比如小孩子打架，失手弄伤了对方，大人们到对方家赔礼道歉，鸡蛋成了约定成俗的"调和剂"——烧两个荷包蛋，热腾腾地端过去，散去邻里间的小疙瘩，不愉快便烟消云散，拉起手来，照样是和睦的邻居。

那鸡呢，在家里的地位不可轻视，尤其是老母鸡。母鸡天天下蛋，下的是油盐酱醋，下的是分、角、元，下的是当家人掐指算得上账的指望。

傍晚，如果母鸡没有及时归来，许久不见影子，家里大人会满村满地找个遍，像丢了孩子似的。天黑了，如果还寻不到，吃饭睡觉时家里的大人总会唠叨不休，后悔埋怨，哪个地方哪个方面没做好，出了纰漏。大人除了相互责怪，心里也会嘀咕，是不是偷鸡的黄鼠狼又干了坏事？甚至也会怀疑，是不是哪个邻居做了什么手脚？反正，活要见鸡，死要见鸡毛，这样才能安心。

那天，母鸡在枣树下吊嗓子，可能误吃了一条毛毛虫，像人吃鱼时，不小心一根骨刺卡在喉咙，吐又吐不出来，吞又吞不下。家里大人看见，立马把母鸡抱在怀里，到厨房里端来菜油，一勺一勺地给鸡灌肠。

江南的村子，大都在村庄边种蔬菜。我们家的房子在村子最前面，出门跨过一条水沟，就是一垄一垄的蔬菜，为了不让鸡、鸭、鹅跑进菜地糟蹋菜，在朝村子这一边筑上了篱笆。

找食吃的鸡,趁人疏忽——篱笆栅栏没关上,或篱笆门关得不严实,有漏洞——就溜进菜园。有时鸡饿急了,腾空飞起,越过篱笆,跑到菜地里,偷吃人家蔬菜。开始的时候,鸡发现菜地上有人影晃动,有些胆怯,一边低头啄食,一边贼头贼脑地东张西望。后来,鸡发现立着的人影被风吹来吹去,手上拿着的破蒲扇,总是那几下子摇摆,原来只是一个稻草人!鸡识破了骗人的把戏,放心大胆起来,埋头开怀啄食。

等到邻居大娘发现,一垄青菜叶子被鸡吃掉半垄,就剩下贴地面的菜根桩头,还被鸡啄成蜂窝似的。邻居大娘急了,高声尖叫驱逐,弯腰随手捡起眼前的石头,掷向菜地的鸡,跺着脚,边赶鸡边破口大骂,既是骂鸡也是骂鸡的主人:"谁家发瘟的鸡,不好好管教!吃了我的菜,不得好死……"

本来鸡在家中是功臣,下完蛋,从鸡窝上飞跳下来,趾高气扬、昂首阔步,一副高傲的样子,"咯咯哒,咯咯哒"叫得响亮,好像要让全村人都知道似的,结果在这里遭到了驱赶。

那几只鸡被赶出菜地,灰溜溜回到家,知道自己惹了祸,进鸡笼的时候,耷拉着脑袋,怯生生的,像犯错的人进家门时侧着身,生怕撞见人。母鸡也一样,迈着不自信的脚步,从门边悄悄地溜回了鸡笼。

公鸡是寂静晨曦时村里的报时者,破晓啼鸣,打破了村庄的宁静。但它又是一个好事者,经常和对手打斗,发起性子来,追着母鸡不放,不管跑多远,非得得手才肯罢休。不过,母鸡若要孵出小鸡,鸡蛋必须受精,否则,再怎么孵化都是臭蛋一枚。

孵化小鸡、带小鸡……母鸡像女人坐月子一样。小鸡孵化出来了,出窝吃到的不是粗糠稻谷,而是白白的细米,这时它们享受人类的特殊照顾。

母鸡尝到甜头,有一天来了兴致,趴在窝里,假想开始孵化起来。可是窝里没有鸡蛋。

主人不乐意了,抓起母鸡,反缚它的两个翅膀,走向水塘,将鸡头按进水中,呛上一分钟,然后,把鸡抛向塘中,让它坐一会儿"水牢"。母鸡在水塘中飞扑、折腾,挣扎半天,才从水塘中跌跌撞撞地爬上岸,孵化的梦一下子破灭。它可能想,不带这么玩的,只不过想坐个月子,这不是要命吗?真是懒人看不得人息,忙人看不得人闲。平时又没少下蛋,哎,好端端一个安享梦,就这样被撕破了。

家中有事,也会杀鸡。

如相中某只母鸡,主人就抓上一把谷粒,撒出去吸引鸡过来。鸡埋头啄食时,主人猝不及防地下手去逮,顺利的话,一下得手;不顺利的话,就追来跑去地逮。其他鸡"咯,咯,咯"扑腾着翅膀,跳出去几米。

被主人抓住的鸡,逃不过命运的安排,脖子下被扯掉一撮毛,再被菜刀抹过,翅膀扑棱几下,腿脚蹬直。

傍晚时分,母鸡的兄弟姐妹该回鸡笼了。白天发生的事,它们有点记忆,有些心有余悸,于是东张西望小心翼翼地走向鸡笼。鸡笼前灰色铝盆子里,有上一餐剩下的粮食,也有新添加的点心。它们慢慢走过去，一脚向前迈，一脚腾在空中，等前面的鸡进去，后面的鸡的爪子才落下。它们不时摇晃着头，"咯，咯，咯咯"，摆动鸡冠，亦步亦趋，没在意鸡爪上的鸡毛，也没在意门边的木质盆——那个盆里洗过拔光毛的鸡，它们只在意鸡笼门在哪。

鸡笼门此刻敞开着。逃离危险后，惊吓和害怕在跨出迈进间淡化。

第二天，母鸡迎着朝阳走出鸡笼，又是一天的好心情。在它们看来，生活很简单，过了今天，就是明天。

1979 年，溧阳发生 5.5 级地震，震中在当时的溧阳县上沛。村里离震中距离不太远，有明显的震感。震后，搭防震棚，普及地震知识。但各种传说也流行起来，闹得人心浮动，神经紧张。

这时，鸡的异常行为就成为预判地震的一种方式。

鸡飞狗跳了，人们马上就想，是不是要地震了？有人趴在井边，看井水位是上升还是下降，水是否变得浑浊。也有人留意池塘、星光和其他一些自然现象。

村里老人翻出旧话，说当年刘伯温预言宜兴、溧阳五百年后变成大江，果不其然，溧阳闹地震了。

邻居听闻，拿鸡开刀。他提着菜刀，对鸡说："鸡啊，鸡，不是不让你活，实在是形势逼得紧！要地震了，人都没地方躲了！"

吃只鸡，竟然也用上了地震的名义。

几个月后。

"收鸡毛、鸭毛、鹅毛,废铜废铁;鸡毛、鸭毛换糖吃!"收废品的老许吹着笛子,满村转悠,从这村转到那村。

这时,留着的鸡毛派上了用处,可以换取点日常用品。

收废品的老许挑着两个大筐篓,一头的筐篓上有个玻璃镜面的木箱,分开的木格框里放着:水果糖、铁发夹、牛皮筋、松紧带、针线、中间有蓝白线的小玻璃球……

木格框中最大的方格里边,放着几个万花筒。万花筒贵,不是大宗的废品换不到一个万花筒。鸡毛只能换点如皮筋之类小巧的玩意。

趁老许与别人聊天的时候,我拿出一个万花筒,闭上一只眼,睁大另一只眼,转动万花筒,筒里的彩色玻璃自动拼接出各种几何图案,变换出朵朵鲜艳花朵,红的、蓝的、紫的、橙的,还有各种"天女散花"、花蕊花环的光影。

与猪为邻

推倒泥土墙,搭起三间进深两米左右的低矮狭窄的红砖小房。其中两间通连,一边是猪圈,一边堆放工具和饲料;另一间砌上一垛隔墙,专门隔开,再放一张竹子床,便是一间单人房间。

住进单间的第二天,家里从猪行买来一头黑毛小猪,小黑猪脊背油光,鬃毛有些硬。大人给小黑猪身上涂点红色,叮嘱它乖巧听话,然后,拎着两只猪前蹄把它放进猪圈。这样算起来,人与猪同时住进新房,是邻居了。

对家里来说,养猪是一件重要的事。日常的工作包括:喂猪、冲洗涮毛、打猪草、出猪肥、拿草木灰垫猪圈等。此外,夏天在猪栅栏边点蚊香,冬天在猪栅栏边挂草帘。

初来的小黑猪,性子有些急,待在猪圈不耐烦,又啃又咬,在栅栏上留下几道牙印,似乎想咬断栅栏,冲出猪圈,自由闯天下。可又有哪一头猪能把猪栅栏啃断呢?极个别的,能弄断两三根,逃窜出去,在村子里乱跑,最后被主人发现,还是被逮回猪圈。主人在栅栏上加固横档,让猪死了跳出猪圈的心。

猪崽子几次出逃都没有成功，就按下了暴躁脾气，变得服帖和温顺起来，不再追求外面的世界，一日三餐，吃饱为上，没有什么纠结和烦恼。当然，猪也谈不上有什么理想，它只会在猪圈内乱拱一通，前腿搭上猪栅栏，"哼哼哼"叫上几声。

猪的主食是米糠。家里的残羹剩饭和饭后灶台铁锅冲洗下的泔水，和着米糠倒在猪的食槽中，就是猪的一日三餐。猪吃食时弄出"吧——咕，吧——咕"的响声，表示它吃得津津有味。

有时主人有事喂晚了，猪就耐不住饿了，拱动食槽，弄出动静，像等在食堂开饭的人敲碗盆催促。

有时猪实在饿得慌，两只前蹄搭到栅栏上，架起个猪前身，一副跃跃欲试的样子。

主人瞧见这模样，也没有好脸色，说这是干什么呢，不知道有事在忙吗？

记不得是谁说过："挤奶的时候，牛在想什么？拉车的时候，马在想什么？"

那么，猪前蹄搭在栅栏上，猪在想什么呢？

当时，在农村背着药箱到处走的人有两种，一是给人看病的赤脚医生，二是给猪和牛看病的兽医。

公社兽医站有三个人，各自负责一个片区，他们几乎每天在各自负责的村子里来回巡诊。

兽医被村里人称为"劁猪手"或"劁猪匠"。

家里喂养小猪一段时间后,会请来劁猪匠,给小猪做去势手术,让小猪清心寡欲,只知道一门心思长膘长肥长大。

日子过得飞快。家里养的小猪长大了,出栏那天,用盐开水调好饲料喂给猪。猪从未品尝过这样的美味,海吃一顿。长膘是来不及了,当下增重几斤倒有可能。

出栏,捆绑好,请邻居抬到食品站。

猪被抬出门时,奶奶站在门前,看着猪的背影,像是呼唤什么,吆喝几声平时喂猪时的声音:"哎,喽,喽,喽……"

过秤时,收购员拿起砝码,一个个叠加上去称重,手指轻轻移动刻度。此时,大人的心是提着的,希望得到一个好斤两。

称完后,猪被推滚到地上。收购员拿一把长柄剪刀,在猪身上剪点猪毛,以此判断猪的品质是一级、二级还是三级。等级不同,计价不同。

爷爷去小窗口,和食品站的出纳员算账,从小窗口接过卖猪的钱,用小手绢包好,揣进内衣兜里。

那是家中一年为数不多的一笔大额收入,可以置办许多东西:一家人过年的新衣裳,或是几件家具,或是一架房梁木料,或是从砖瓦厂订购盖新房的红砖……

爷爷会从卖猪的钱中,抽一两张去供销商店,买上九分钱一包的"勇士"牌香烟,回家路上,打开香烟,发给帮忙抬猪的邻居。

　　日子日复一日地过着。

　　进入腊月,生产队会杀两头猪过年,猪肉按工分和人口分给每家每户。

　　杀猪那天,几个壮汉走进集体猪圈赶出壮猪,趁其不备,揪住耳朵,掀起猪蹄,拖着尾巴,一齐用力将猪放倒,用准备好的草绳,三下五除二捆住猪的四只脚。几个人将猪抬起,放到杀猪凳上,按住猪。猪头底下放一只木盆,木盆里有少许盐,杀猪的老师傅手起刀入,猪"嗷"一声尖叫,血淌满木盆。血流尽时,抓头按脚的壮汉会格外小心,因为猪在最后腿脚乱蹬,挣扎的劲特别大。

　　死猪不怕开水烫。杀猪师傅把猪撂到一个大缸里,倒上烧开的水,将猪在热水中充分浸泡。泡上一段时间,在缸中用铁皮刮刀刮掉猪毛,猪毛被刮得"囒吱囒吱"响。

　　刮净猪毛,把白花花的猪架放回杀猪凳上。

　　杀猪师傅用尖刀在猪蹄上割开一个口子,用一根圆的不锈钢棍杖,从猪蹄进去往前捅,一直捅到猪脖子。然后,杀猪师傅在猪蹄上割开一个口的地方吹猪皮,一呼一吸,一吸一吹,嘴边花白的胡茬与猪蹄上没刮净的猪毛混在一起。一呼一吸的起伏之间,分不清楚是师傅的胡须在动,还是猪蹄上的猪毛在抖。

　　白白净净的猪,不一会儿被吹得鼓胀起来。师傅用铁钩子把猪吊挂起来,大斧刀开膛,小快刀切肉。

生产队组织抓阄排队,每家每户能拎上一刀有温度的年猪肉,料理过年。

杀猪师傅拿滤网从大缸中捞起猪毛,算是杀猪的小费。

洗干净猪下水,在生产队猪舍里的土灶上烧好,搪瓷盆盛上满满一盆,大家美餐一顿。

完事了,杀猪师傅拿起不锈钢棍杖,背起盛放刀具和猪毛的竹篮,借着月光回家去了。

"做了猪,还怕杀!"这是杀猪师傅走在回家的路上,不知跟谁说的。

猪,肯定不会这样想。

骑在牛背

风很轻,云很淡。碧绿田野,青青芳草,牛背牧童,哨声悠扬。几头牛从田埂上一步步走来,在雨后的泥土路上,踏出一排清晰的脚印。

我算不上正儿八经的"放牛倌",只是假期中的临时替补。

我不了解牛脾气,只是有空的时候,体验和牛在一起的那个过程。

那时的牛,是生产队的"活家当",少不了的劳动工具,犁田翻地,稻田耘耖,农活中苦的累的,都跟牛有关。

大集体时期,生产队里拿耕牛当宝贝。

如果一头牛出工时不小心前蹄踩空,掉进队里的大茅坑中,没来得及抢救,那可以说是因公殉职。当然,这只是打个比方,牛一般不会"马失前蹄"。

村里的一头牛,做退役报废处理,需要层层报批,走一道道的手续。生产队打报告,大队盖章,公社书记签字同意,方可宰杀。

有一村子打报告申请屠宰牛的纸张有点小，报告写得密密麻麻，留给公社书记签字的空隙微乎其微，公社书记签完字，连读起来是：同意宰杀×××。

事后，有人拿这个和书记开玩笑，书记只是淡淡地回答："杀我有什么用呢？我又吃不得。"

那时，星期天或放农忙假，我便到队里挣工分。人小干不了重体力活，生产队队长派给我们小家伙的活儿，主要是看晒场、拾麦穗和看牛。

我看牛。队里有一头黄牛，好几头水牛。水牛长着一对环抱状的犄角，四肢粗壮，体型庞大，被毛稀疏，皮肤和被毛黑乎乎的，蹄子坚实。

清晨，到牛棚拴牛的柱子上，解下系小牛的绳索，牵在手中，走向田野，看牛在田埂上、机耕路边、池塘周围活动，以防它吃稻苗和庄稼。

有一次，牵小牛在水渠里吃草。羡慕别人看牛时骑在牛背上逍遥自在，我心里痒痒，也想骑到牛背上。于是我站在一个高点，一个弹跳，结果没控制好，用力过猛，越过小牛背，摔了下去，跌到牛肚子下面的四腿中间。小牛可能感觉到有人在下面，虽然照旧啃草吃，但没有朝前跨，只是牛蹄悬在半空。那一刻的牛蹄子，成了决定我命运的蹄子，它一点点往下，等我爬出来了，才彻底放下来。

怪不得村里人说，牛通人性，不然，小牛只顾自己，不顾肚子底下的人，后蹄子往前踏，一蹄子踩下来，那我可能就小命不保了。

从小牛肚子下爬出来，我缓了一会儿，还是不死心，也不知道什么叫害怕，拂去身上尘土，重新调整姿势，跳起，终于跃到牛背上了。

牛吃草时，舌头一伸一收，像一把小镰刀，"啧啧啧"作响，吃过的草像是被修剪过。牛从不挑食，什么草都吃，带露水的嫩青草当然好，不过那些牛筋草、金丝草、苜蓿、龙珠草、蓬蒿，甚至枯黄的老茅草，它也不嫌弃。

在坟茔场看牛，比较轻松，那不是看牛，是放牛，不必担心牛吃庄稼，也不必担心牛会糟蹋庄稼，由着牛在空旷的地上尽情吃。当然，保险的做法是，系牛的绳子一头固定在小木桩子上，让牛在那个圈子内活动。

放牛时，乐趣多多。可以对着空旷的田野或村庄呼喊，听远处山岗或村庄的回应。或者钻到金灿灿的油菜花田里玩躲猫猫、捉迷藏。有时到两边种着豆类的小麦田里，摘下豆荚，剥出青嫩豆子，吃带着花香味的豆子，在旷野里豪放地说："蚕豆荚，碗豆荚，看牛的哥哥尽饱吃！"还有的时候，去扑蝴蝶、追蜻蜓，或者弄蝌蚪、捉青蛙，或者下到水塘里，游泳、摸河蚌、捉鱼虾。

一次放牛时，我趴在田埂上看蚂蚁，路上蚂蚁成群，组成一个蚂蚁坝。我心血来潮，来点童子尿冲散了蚂蚁的千军万马。

蚂蚁搬家，必有大暴雨，趁着乌云正在归集，还没朝这边涌来,赶紧牵牛回家。我命令温顺的小牛:"把头低下,低头!"于是,小牛顺从地低下头,我双脚踩上两个牛犄角,爬到牛背上,来个腾空转身,调整朝向,骑牛回家。

有时遇到在几条田埂上会合的看牛小伙伴,吆喝起来,起哄起来,大家临时比赛,看谁的牛跑得快,跑得稳。牛儿被小伙伴们用细竹枝抽得连蹦带跳,直往前冲。骑在牛背上的人一颠一颠,屁股有时都挨不到牛身,不得技巧的,不一会儿就从牛前身被颠到牛尾,弄不好还会从尾巴处被抛甩到地上。为了不让小伙伴们笑话,我们假装意外,爬起来,叫喊着追上去,勒住缰绳,止住奔跑的牛,训斥它"是不是找死呢,不怕挨鞭子了",趁着训话,赶紧重新骑上牛背,继续奔跑,继续追赶……

回到村子,黑云压顶而来,我匆匆把牛系在一根电线杆上,就往家跑。

回到家里,雷电交加,风雨如注,闪电如一根根火线,炸雷震耳,两个拇指塞在耳朵中,看着窗外的雨。

雨后,出来继续放牛。靠近小牛的时候,我看到小牛周围踩出无数脚印,一圈一圈的,想来电闪雷鸣时,小牛欲挣脱踩踏出的。

见我走近,小牛血红的眼珠子直瞪,一副气愤抱怨的样子,似乎在说:这要命的雷电,你一躲了之,怎么不管我的死活?把我系在电线杆下,真不够意思,太不讲道义了!

小牛委屈的样子,让人理亏,于是我给自己一个台阶,拍拍小牛的头,对小牛说:"好了,天晴了,带你到河堤去吃嫩草。"

去河堤,村子附近没有桥,人和牛凫水过河是条捷径,不然要绕一个好大的弯,走好远的路。

小牛天生就是游泳能手。下到水里,一开始我牵着牛尾巴,借着小牛的力在水中凫水向前,后来直接骑到牛背上,搭"顺风船"。骑牛过河,一会儿坐,一会儿站,恨不得倒立牛背上,各种能耐玩一遍。小牛只顾朝前游,在水面露个头,两个鼻孔隔一会儿喷出一阵水,打着响鼻。

到了河岸边,人先上岸,小牛赖在水中,不怎么愿意出来。牛虻和苍蝇飞上来,小牛一个深呼吸,全身没入水中,出水时尾巴左右甩动,驱赶着飞来的吸血昆虫。

上到河堤,放开小牛,这里是它自由活动的天地。一些牛背鹭追随而来,成为小牛的贴身伙伴……

秋收秋种的农忙季节又来了,村里负责耕田的"老把式"叮嘱说:"上午看好小牛,喂饱小牛。中饭过后,你把小牛牵到李家山后面的田里,今天小牛上架开犁。"

开犁就是牛犊第一次上架犁田。

"人"字形的曲木"牛轭",套到小牛颈项的脊背上,为了不让牛啃草,还在牛嘴巴上套竹笼罩,牵牛鼻子的缰绳,经曲辕犁握在耕田人的手中。"老把式"的鞭子抽得直响,平时走路四平八稳的牛,被鞭子抽出条条血印,在收割了稻子的田里乱跳。

每次鞭打一下，小牛就调整一下。后来，小牛适应了耕田人的训斥，埋头拉犁，听口令让向东就向东，让向西就向西，踩着稻田里的稻桩，一步一步，犁起一浪一浪的泥土，成为一个苦力劳动工具。

后来，有了拖拉机，机器代替了耕牛，牛开始从苦力中解放出来。

骑在牛背上，牧童短笛，悠然吹着，只在电影里和图画上见过。

村里的小伙伴们没有谁在牛背上吹过短笛，当时不会吹，也没短笛可吹，倒是用麦秸芯、野豌豆、芦荻，或者拆下一段柳枝，取一小截做成小喇叭，试着吹过。学鸟儿鸣，学虫儿叫，不过吹什么并不重要，重要的是曾经在田野上，在大自然的环抱中，和牛这个年少时的朋友在一起，经历过一段值得回味的日子。

在湖边

有人说,湖泊是长在大地胸膛里的一颗躁动的心。

初夏,烈日炎炎,夜色笼罩时,来到湖边,迎面吹来阵阵凉风,感到清新、柔和、轻松、舒坦。

原来大自然是这么容易亲近。

站在湖边,呼吸着沁人心脾的空气,仰望星空,更使人感到天空是深邃的,可寻觅到无数的星星,多看上一段时间,那些忽闪的星星就会被你的眼睛捕捉到。

镰刀似的月亮,已走到西边,云朵围着月亮,像给月亮披上了一层面纱,不一会儿又揭开刚戴上去的面纱,仿佛云朵在触摸月亮似的。

而远处对岸,不时传来的犬吠声,像是石子掷到平静水面而起的涟漪。它为何吠叫,有些让人捉摸不定,也许是它与晚归的主人打招呼,也许是它在对经过的陌生人发出警示。

草丛中叫个不停的昆虫,不知道它们为什么会有那么多的话要说,有那么多的歌要唱? 可能是它们在阳光下把话省下了,夜晚才是它们的天堂。

微风吹拂湖面,漾起层层波浪,浪推着浪,"哗哗哗"不肯停息的声音,向人们昭示着波浪是前进,是活力,是进取,是新生。

踏着波浪的节拍,走在堤岸上,岸边的垂柳在风的吹动下婆娑弄影,像少女的发丝。

湖中有一排柳树,除了几株折断的,其他也跟随着微风荡漾。

一种心境,一种湖景。

那远近的万家灯火和刺破夜空的工厂里的电焊弧光线,才是湖边风光带的精华。

因为那是希望的灯火。

筑圩记

　　这片土地上的人们,祖祖辈辈都与湖打交道,在湖水进退之间,寻找土地,寻找粮食生长的地方。挑土方、筑圩堤、围滩围湖,成了他们骨子里的活儿。

　　村边的湖泊属于季节性湖泊,春季是发水期,夏秋是丰水期,冬季是枯水期。

　　冬季随着长江水位下降,湖水跟着流走了,湖面上露出泥墩和浅滩,仅有一些深水潭和一些深水沟储存着一些散水,像农闲时,村里人三五成群地出门看大戏,大部分人出了村,只剩少数留守的人。

　　冬天,田里稻子收了,油菜栽了,小麦种了,庄稼地里不再需要大批劳力,偶尔几个人积肥,在河塘里罱塘泥。

　　在河塘里罱塘泥,一般一条小船两个人,他们手握两根长长的竹竿,竹竿末端有两个铁盒子,像大河蚌一样沉入河塘底。铁盒子一张一合,夹上乌黑的淤泥,放入船舱。肥泥满仓,船靠岸,再派人用竹篓挑着乌黑的肥泥倒在麦田里,均匀摊开;有的放在田头沤肥的土墩旁,做泥巴隔离层,把沤的肥料堆起来,抹上一层厚厚的塘泥,让肥料发酵;也有的挑到果园里,直接堆放在果树下。

这期间,最大的农活是向湖泊要田。

那个时候,这片土地上的人们掀起了新一轮的围垦湖滩的高潮。而且,这次围垦力度更大,一直把圩堤外围设到湖泊中心线边、大河航道沿边。

为此,各级成立专门的指挥部,一线指挥督促。随后,公社的水利技术员和土专家在湖面进行实地勘查,放圩堤土方样,竖起标段的标杆。在此基础上,分段分配给各大队和各生产队,负责圩堤土方任务。

各生产队在分配的地段上搭草棚舍,安营扎寨。挖一个土灶台,派一个人常住舍内,再派一人每天烧中饭,保证挑圩堤的人可以填饱肚子。生产队的粮食紧张,就调用仓库里的"储备粮"。

上圩!筑圩!这是个地方性的劳动名称。

一条扁担、一双圩篮、一把铁锹,是挑土的工具。为了筑起一条推开湖水的圩堤,为了加固一条挡水的圩堤,大家踊跃参加。

那时,早上六点从村里出发,去十几里外的湖泊中心的圩堤上挑土方,晚上五点收工返回村子里,中间午饭休整一段时间。

挑土的时候,固定第一位的领头起挑称为头旗,最后一位称为尾旗,作为监队,每一担土挑起来,像筒车翻水一样转起来,不停地往上提水,滚动式地挑土方。

挑土的人从挖泥土的土方宕口一直延伸到圩堤上,排成一条长长的队伍。一队队、一列列的人在同一条圩堤上,上的上,下的下,以蚂蚁拱倒泰山的气势,搬运泥土。

筑圩,需要筑圩的工具。

村里水塘边,砍来胳膊粗的新发柳树枝,花几根香烟的工夫,木匠就打出一副挑土筑圩的新工具——圩篮。柳枝弯成弓,卯榫上一块方木,附上两块薄竹片,算是底座。用三角形麻绳提起来,骨架简单得不能再简单,但挑起来却是分量不轻的一副担子。

每当上圩,队长站在村中间的十字路口,拿铁皮喇叭高喊,比公鸡打鸣还早。天麻麻亮,就把村里人从沉睡中叫醒。

寒冷的早晨,被窝子里外,是截然不同的世界。

上圩,去挣工分,可以吃生产队的大锅饭,冷是挨不过去的,怕冷也是没有用的。想到这里,我跃身起床,穿上衣服,去挑土,去筑圩。

冬天的早晨,天地静默,除了风勤快地吹着,其他一切好像都懒得出工。

需要走十多里路,才能走到筑圩的地方。

西北风从侧面吹来,吹得头发凌乱,冷风从袖口、领子等开口处往里钻。

挑着一副空担子,前面担子里是零星包裹,后面担子里是两只圩篮和铁锹。我跟在村里人的后面走。起得太早,没睡醒,迷迷糊糊的,有时闭着眼睛打瞌睡,凭直觉跟着前面的人走,有时似乎能听到风吹铁锹与圩篮的碰撞声,"丁零当啷"直响。幸亏路宽且直,不然弄不好都得掉水沟里。

到达筑圩的地方。

圩堤已经有了初始模样。

南宋杨万里正是在这石臼湖和固城湖湖边,见当地百姓日具土石,捷畚以修圩,而作《圩丁词十解》:"圩田原是一平湖,凭仗儿郎筑作圩。万雉长城倩谁守,两堤杨柳当防夫。"杨万里在序中说:"江东水乡,堤河两岸,而田其中、谓之圩。农家云:'圩者,围也;内以围田,外以围水。'"

圩堤之下,百米开外,一处规定的取土和挖土的地方,几个人在一个土方宕口里准备挖土、挑土。

树丫插入泥中,架起扁担和圩篮,铁锹挖土,就算是开工了。

一块、两块、三块,土垡放进圩篮,看头旗领着挑土的队伍过来,我跟着走,融进队伍。

担子挑起来,一个接一个,像流水一样。从下往上爬,冲上圩堤,在圩堤的指定地点,双手一拉圩篮靠身边的一根绳索,倒出泥巴,又从上往下,从圩堤回到取土的土方宕口。

挑土的队伍像上足了劲的发条,几乎从早到晚,循环着,重复着。

有时不免摔倒。

跟着人流走下圩堤,往土方宕口走,在一个平缓处,不知被什么绊了一下,我朝前趔趄,差点摔个狗啃泥。怕被人家看到,我赶紧爬起来,重新挑起担子,心里不免懊恼:可能是看到经过圩堤边上的那艘轮船,脑子不知在想什么,也可能是公社大喇叭的声音吸引了注意力,没留意脚下。于是责怪自己:挑的是空担子,走的是平缓地,还摔倒,整个圩堤工地有成千上万的人,都没见谁摔倒,就你摔倒,丢人!

这是我第一次摔倒。

又一轮从土方宕口取土,挖土铁锹踩进泥巴中,拔出时,我只拔出了木手柄,铁锹还埋在土中没起来。挖土工具坏了,土方宕口的其他人已挑走,我站在那里不知所措。

队长从那边过来:"你这个小鬼,干活的家当不利索的话,要比别人多吃些苦呢。"他边说边从我手中拿过木手柄,插入铁锹,用力掀掉那块泥,拔出铁锹。

"你这把铁锹得重新装上,"他四周张望,"得找一块石头,最好有点布条。"

于是,他深一脚浅一脚地从土方宕口中穿过,又从别的地方拿来一把铁锹,说:"你先用这把吧,我去给你修一下。"

他拿着坏了的铁锹,走向队里的草棚舍。

别人的铁锹,感觉用起来轻巧顺手,心里不由得埋怨家里的工具没人家的利索。

太阳已经移到正南方,临近中午时分。

倒掉圩篮中的泥土后,空担子,没了负荷,肩膀一下轻松许多,此时有轮船从东边开来,有人大声叫喊起来,打破了队伍的沉默。

"东坝到高淳的轮船过来啦!再挑上几担泥巴,就可以吃中午饭了!"

我站在圩堤上看经过的客轮,心生羡慕:轮船航行,汽笛嘹亮,似乎没有阻挡;轮船航行时尾部卷起一条长长的白浪;轮船上的人来来往往,轻松自在……

"小鬼,别人已经下去了,还在这发什么呆?"

我被圩堤上做埂的人催着去跟上队伍。

不知又挑了多少担泥,有人私下估算,说这几担子中可能要称担子的重量(随机选择称重,按挑土重量计工分),于是有意识添加担子的重量。

我不在意担子重量是多少,反正工分能拿到劳动力的六折,已经满足了,便只顾埋头朝前。上坡时,来不及避开前面人掉下的软泥,一脚踩了上去,人滑溜出去,黑色的淤泥上留下一段解放鞋鞋底凹槽的泥印。这下子,侧身倒在地面,肩上的担子,也不知道怎么出去了,扁担和圩篮甩到两米开外的地方。

这是我第二次摔倒。

家里的大人看见赶紧跑过来,把我拉起来,拿袖口擦去我额头上的汗珠,拍打我胳膊和腿上的尘土,还弯腰帮我系上鞋带。

"疼不疼?不要紧吧?"

我摇摇头："不要紧。"

"要不,还是歇着,回家去吧,咱不吃生产队的这顿中饭了。"

我觉得已经很没有面子了,再半途返回家,算个什么事情?便加重了语气:"真的不要紧,没事!"

于是继续跟随挑土方的队伍。

终于吃午饭了。

劳动的人们歇了下来,聚集到挑土边村子搭起的茅草棚边。

喧哗的工地和十几里长的圩堤,暂时平静下来。

人们三五成群,拿着自带的碗筷,盛上从茅草棚舍的大铁锅里打来的热气腾腾的白米饭,掀开早上自家中准备的陶瓷茶缸,里边的腌菜已经冰凉,但此时全然不顾,衣裳索性披在肩上,有人蹲着,有人坐在土墩上,有人坐在扁担上,有人干脆站着,全都吃起饭来。

不一会儿就吃完了,都觉得饭好香,多少日子没吃到过这样有滋有味的米饭了。

饭后,小憩。

坐在扁担上,才有心思看眼前情景。

红旗飘扬,彩旗猎猎。

一天又一天,土方宕口子逐渐变深变大,变成一条河;一天又一天,圩堤也越来越宽,越来越高,高大得像条巨龙,又像湖泊中拔地而起的"城墙"——一条十几里长蜿蜒曲折的黑泥土"城墙"。

坐在扁担上,我居然迷迷糊糊地打起瞌睡来,还做了一个长长的梦。

梦里我走路去了一趟县城。

走在沙子铺就的公路上,两边是岗哨似的笔直挺拔的白杨树。公路上车辆很少,当时整个县城,仅有一两辆帆布吉普车、几辆客车和几辆卡车。解放牌大卡车驰过,公路上掀起一阵拖着长尾巴的烟雾团,淹没了路边拎着漏嘴铁桶洒水的养路工。

那时,公路上跑的运输工具主要是拖拉机,客车一天只有那么几个班次。走在泥沙石子的公路上,偶尔碰到熟悉的拖拉机驾驶员上县城拉货,他们会捎带一程。

多数是看到不熟悉的拖拉机开过来,准备着冲上去。当拖拉机从身边经过时,手抓住拖拉机的后栏,脚踩上拖拉机后板底下的沿口,一个纵身,从车尾跃到车厢上。

沙石公路高低不平,拖拉机行驶在上面颠簸不停,有一种要把人抛起来的感觉。扎马步向前,移到车厢前面,双手握住驾驶员座位后的铁栏杆,才算稳当。站立在车厢里,迎面的风吹过来,一头蓬松的头发被风梳着向后倒去。刚才还有些紧张的心,此刻轻松了许多。

到了城郊狮子山,即进县城的十字路口处,拖拉机准备转弯开向县化肥厂,我趁着减速,从拖拉机上跳了下来。

走上几百米的砂石路，来到县城中心。我在通贤街、鲜鱼巷、裤裆巷、东头街、西头街转悠……

从街面上的门店经过，推开一扇又一扇的门窗，看到一幕幕不同的生活场景。

汽车站。

透过敞开的铁栅栏大门，看见后院停着还没出发的几辆客车，几棵高树枝上有许多麻雀在叽叽喳喳，院墙上贴着一些寻人启事和失物招领等大小不一的纸条。

汽车站内，木条靠背椅上坐着不同姿势的乘客，他们注视着检票出入门上方的电铃，听着检票员哨子的提醒，生怕错过了班次。一旦错过一天之中为数不多的班次，就得改日再行。

邮政大楼。

两扇弹簧大门，推开关上，关上又推开。大楼里人进人出，寄信的、打电话的、拍电报的，人人都忙忙碌碌。

寄信有两个信箱，一个是大厅黄颜色长方形的木质信箱，一个是屋外绿色铁质的信箱。两个信箱的条形口，成了每天吸收和传递人们信息的窗口，多少家常牵挂、多少情意绵绵、多少沟通交流，在此开启。外埠的电话得先登记等候，等线路接通，再进入带有点私密性的电话亭中通话。拍电报的在柜台上写好内容，字越少越好，因为按字收费。办完手续，电报稿放入纸篓，柜台人员给楼上一个信号，楼上的人通过楼板上的那个小洞孔把纸篓拉上去，去机房发报。

百货大楼的布柜台。

一根根木棒尺,卷着各种布,有涤卡的和的确良的,有着色鲜艳的和条格子的，有厚的和薄的……售货员边扯布,边用尺量,量好,在布边上用剪刀剪一小缝,随后把布抻直,使劲往两边拉,"嘶啦"一声,布头扯下。叠好布头,单子和找零的钱从墙角高处的收银台通过架空的钢丝轨道上的铁夹子滑过来。然后,再用一张发黄的纸一包,递给顾客。顾客拿好布头,放进挎着的篮子中,走出店门。

副食品商店。

一位嘴上叼着半截香烟的大爷,拎着酱油瓶子走出来。东边水泥柜面的柜台上,一位年纪大的营业员正忙着给大娘打包,用干荷叶包上称好的大蒜头、生姜片,还有裹了一层红辣椒酱的榨菜头。靠西边的玻璃柜台上,头戴白帽、穿一身白大褂的年轻女营业员,手抓一把糖果,在小天平秤上添加,称好后,交给穿着劳动卡其布工作服的工人。

新华书店。

一进门,五位伟人的画像高挂在书柜正上方。书店里的那些书,只能踮着双脚仰望。我踮着双脚看书架上放了些什么书。几分钱一本的花花绿绿的小人书和电影缩影的连环画,摆在正门前的玻璃橱柜中,我隔着玻璃看了半天。

经过县文化馆、鲜鱼巷和国营饭店交叉的路口,国营饭店的肉包子冒着热气,飘出香味,心里有些许停下来的念头,但摸着口袋里的几毛钱,还是没有停留,一直向前,去了西头街上的电影院。

电影院。

电影院前的花台上有一簇夹竹桃，红花从碧绿的枝叶丛中高高探出。只能伸进一个胳膊的小窗口开着售票，检票口的大门也敞开着，两个检票员各站一边。零星的人检票进场。墙上海报宣传栏里，达式常身穿军装，头戴五星帽，手拿盒子枪，原来是电影《难忘的战斗》的巨幅海报。

正想着要不要买票进去看一场，就被开工的吆喝声惊醒了。

下午三点左右，太阳已被云遮住，天空灰蒙蒙的，一副要变天的样子。糟糕的天气。

没过多久，西北风越刮越紧，天空落下雨夹雪。雪落到地面，在地上滚几下，融化进大地；雪打在人的脸上，有些刺辣辣的痛。

雨夹雪越下越大，我们只得收工。

离开热火朝天的工地，往回走。

走到高处的湖岸，回头看，湖泊被圩堤切分成两半：一半是远处圩堤外的湖水，一半是近处圩堤内的湖底淤泥。

以后，湖底广袤的淤泥将是庄稼田地，黑黝黝的湖底淤泥间，零星分布着一些水沟水潭，那将是未来圩田里的沟渠。

水沟水潭里还有一些零星的薄冰，还未融化掉，白鹭站在冰面，神情专注，似乎等待着什么，寻找着什么。

墙上水印

村边湖泊每次汛期来临,都从淫雨开始。

云和雨,在组织一首让人意想不到的曲目。

云团像千万头没有眼睛、没有鼻子的雄狮,大军开拔而来,在天空咆哮着,排山倒海地压过来。

轰轰作响的雷声,呛闷着,在天地间。

闷雷像被困在大闷罐里的巨大野兽,在里面挣扎冲撞。

轰隆隆的声音由天边滚来,像大闷罐爆炸,又像木板楼上拖着一张八仙桌,闷雷就在头顶。又是一阵闷雷声,酝酿的乌云聚集能量,突然一道闪电,一声震天动地的雷鸣,像醉汉用尽全身力气在拖动的桌上猛地一拳重击,四周颤动。天神发脾气了。

雨从云中倾泻下来,地面生起烟雾,水塘里泛起无数泡点,像一只巨手撒进千万颗沙粒,水中发出沙沙的声音,水面像烧开的水,沸腾着,翻滚着,不断冒着水泡。

闪电一个接着一个,像剧烈运动后的心电图,一跳一闪。灰暗的天空上,转瞬即逝地留下火焰般的劈叉图形。

屋顶上的水拥挤着往下淌，雨水从屋檐口砸下，"啪嗒啪嗒"砸到地面。

拿搪瓷脸盆伸出屋檐接水，刚伸出去马上缩回，不到三秒就是满满一盆雨水。

这样的天气，持续了好多天。

人们已记不得多少天没见到太阳了，密集的乌云压在头顶上，雨下个不停，完全没有停下来的意思。天空像个爱哭的孩子，无论怎么哄，就是不肯停止落泪。

天上是什么地方被捅了个窟窿吗？还是老天爷忘记关闭停水的阀门了？

大雨像水帘一样，从天空挂到地上。

到处都是水。

水多了，自然会奔流起来，沟、渠、河、湖的水不停地流淌。

塘里的水满了，沟渠里的水满了，河湖里的水也满了，到处水满为患。

相关联的地方，水情也不容乐观。上游的皖南山区也是阴雨连绵，雨水暴增，山洪压境；下游的长江主干流，洪峰一次接着一次，长江水位居高不下。

这片土地，又遭遇特大洪水灾害了。

本地雨水绵绵洪涝成灾，加上皖南山区的绩溪、宁国、宣城、郎溪等地的大量洪水流经水阳江，洪水本应流入长江奔进大海，可如今受长江洪峰和江潮顶托，长江水位高，不仅过境洪水走不出去，而且还有江水倒灌的危险。

这里偌大的"洪水走廊",顿时变成了一个大大的"盛水缸",该盛水的地方已经盛满,不该盛水的地方,有的也正在进水,低洼地已被水填满填平。

湖中水,水连天,天连水,一片白茫茫。

湖水水位达到十米线以上,抗洪防汛进入了警戒状态。

水位水情预报加快了频率,由原来的一天一报,发展到后来的一天三报。

超过警戒水位线一米了!

十一点一米,十一点二米,十一点三米……接近1954年大洪水的最高水位。

时刻通报着的水位水情,像是预报,又像是警报,还有点像紧要关头的心跳和血压数据,上下波动,牵动人心。

防汛抗洪进入僵持阶段,沿湖一线的堤坝成了阻断洪水的铜墙铁壁。

一切号令听从防汛抗洪,一切行动服从防汛抗洪。

风急浪高的地段,把树砍倒扔进湖水中,以减弱风浪对圩堤的冲击。

水位在上涨,人在筑堤。人与洪水展开一场抗争。

堤坝上,挑土的、扛草包袋的、送芦苇席的、抬杉木的,挑的挑,抬的抬,打的打,推的推,忙而不乱。

堤坝水闸边,边填土边夯土的打夯声、支着高高的木支架在滑坡处打木头桩的号子声、泥泞中的招呼提醒声、有急事的吆喝声……虽然人声鼎沸,混响一片,但防汛抗洪的事情,件件有序,板板有眼。

堤坝上发现有水渗漏,漏的水量越来越大。是管涌!几个精干的年轻人二话不说,脱下衣服,跳入湖水中,潜水查找漏洞。发现了漏洞,可漏洞越来越大,一时没有合适的东西去堵住那个漏洞。家在附近的人,立马跑回家中拿出旧棉被,去堵漏洞。

堤坝处有塌方,抢险的人蜂拥而至,麻袋、沙包,填土、打桩。堤坝沿湖一侧,水浪冲刷泥土难以加固,附近的人又跑回家中,扛来门板。为了保堤坝、保家园,家中财产没有保留。

抢险得当,险情暂时消除。

夜晚,防汛沿湖一线巡夜巡查。划一小舟,送信号牌,不时用划船的桨,敲击小舟船帮,发出"咚——咚——退,咚——咚——退"的声响,有意取"退"声响的谐音,企盼水位能退下一点,再退下一点。

大水压境,堤坝经受着考验,圩堤内坡平台高度在五到六米间,而圩堤外的水位已高达十二米左右,巨大的落差产生巨大的压力。圩堤吃力地支撑着高水位的压力,像肩膀上扛着一副重担,一刻不能松懈。

湖水水位居高不下,而雨还在不停地下,洪水不断奔涌而来,长期浸泡的圩堤有决堤的危险,此刻不得不做最坏的打算。

洪水的水位高度超过了地势低洼的圩区房子的屋顶,洪水无情,村子里的人头上时刻悬着一把达摩克利斯之剑。在这危急关头,不得不防备。

万全之计,是选择有组织地撤离。

住在圩区的村民开始搬家,少数人家投靠山乡的亲友,大多数向统一安排的临时安置点的学校搬迁。

搬迁撤离大多是走陆路。把家里全部的家当装上拖拉机,或者搬上自己家的木板车,拖着跟上撤离队伍,躲避洪灾。

平时"突突突"冒着黑烟飞跑的拖拉机,此时全部挤上圩区唯一一条公路。圩堤上的公路狭窄,一边是望不到边的洪水,一边是陡坡下的房屋和农田。

搬家迁移的拖拉机一辆接一辆,从头看不到尾,缓慢地爬行。人人焦虑无奈,肩挑手提各种家当、日常用具,跟在拖拉机的后面。

一辆拖拉机打滑,陷入了路边的泥坑,轮胎轱辘光打转不前进,垫进一些稻草,稻草被轮胎旋转着打出来,拖拉机还是空转不走。

这时候卡脖子,不是要把人折腾死吗?

拖拉机驾驶员从别的车上扛来木板,在轮胎下塞些石块,叫上众人,"一二三,一二三"地喊着口号。众人铆足劲,帮着推车,好不容易把拖拉机从泥坑中弄出来,整个队伍才缓慢前移。

拖拉机"突突突"地响,车上鸡、鸭、鹅也不怎么叫、不怎么动,缩在一边,这情景,它们也受到惊吓,不敢声张,只有在前进过程中不小心弄疼了它们,它们才偶尔叫上几声。

有的人嫌搬迁队伍挪移缓慢,开始担忧:照这样走下去,不知什么时候才能到达?怎么能尽快走出这危险的区域?如果今天到达不了目的地,又在什么地方过夜呢?

搬迁队伍来到走出圩区的大桥上,鹅行鸭步,像小脚婆婆走路般过大桥。桥下水流湍急,像要卷走一切。

过了大桥,人们悬着的心暂时放下一些。

但雨还在不停地下。

雨打在伞上,打在雨衣上,打在搬迁路上的泥浆里,打在每个搬迁人的心里。

搬迁撤离还有坐船的,船上装得满满当当,人挤靠在红漆木箱上,家中的日常用品、杂物,无序地堆放在一起。除了这些,还有猪。有的猪不想挤在船上,不知道是拥挤了难受,还是想要挣脱羁绊,趁着主人不注意,跳入河中。船要赶时间,主人也没有办法,只得眼巴巴看着它,任其四方漂流,自寻出路。

破圩。

那天早上,雨停了,天空一时放晴。

天晴了,本该是好事,下午四点多,村子里的人们突然听到远处传来惊雷般的巨响!接着传来一个坏消息。

"不得了啦,出事了,永联圩破了!"

圩堤被洪水撕开一个口子。

洪水滔滔，狂浪乱涌。

人们跑到湖边远眺，有人揪心地打听："圩怎么破的？"

一位跑过来看现场的老汉说："是给太阳晒破的，还是狂风恶浪冲破的？"

人们只是啧啧咂嘴，没有更多的话说。

湖水一下子变脸了，变野了，变横了，变蛮了，变得不可理喻了。湖水拥挤着从破口处，以不可抗拒的威力汹涌而入，激浪飞腾，像一群野兽出山，像万马脱缰，几十里外都能听到轰然之声——那是洪水冲击大地的巨响。

洪水在圩堤垮塌处，冲出几十亩田地大的深水坑。滚滚洪水，四处漫溢，咆哮着，翻滚着，吞噬庄稼、树木、房舍，淹没圩堤内的一切。

波浪掀天。第二天才发现，洪水冲破决口的地方，有三个防汛看守的人，在洪水中消逝。

水没过圩区，涌向村庄，村边低处的田地、房屋，眨眼间被爬上来的洪水淹没。村子最低处的房屋，没在水中只露出一个屋顶尖。原来田野和村边一些高耸的树，现在也只能在水里挣扎，探出个头。

一片汪洋泽国，白浪滔天。

洪水侵蚀村庄，家园进水。

邻村窑岗嘴，算是湖边山岗上的小村，但村子低处的一些房子家中进了水。

尽管在洪水进家前，家中东西已抢运到高处的晒谷场，但在洪水进村的那一刻，还是有太多的不舍。

泥泞中挣扎走出的老人，回头看到水淹家园，摇头叹息，有说不出的滋味。

再往前看，一个拥有两三百户人家的驼头村，四周被水围困，变成了一个孤岛，进出村子只能依靠船只。

还有固城集镇，两三里长的街道，两边的商铺半截没在水中，上街只能坐船。

洪水过后，我去邻村看同学。

他们村一半人家住在晒谷场的简易棚舍里，棚舍只能遮风雨、挡太阳。

也奇怪，灾后的太阳特别毒辣，蚊子特别多、特别毒。

那段时间，他们是如何熬过来的？

我不知道。

洪水退后，人们重建家园。

房屋未倒塌的人家，家里如水洗过一般。

进了水的房子退水后，墙上留下了一条抹不去的等高线水印。

田野里，那些被洪水淹没的庄稼，瘫倒腐烂，人们只得重新播种。

一切似乎只得从头再来。

冬日余韵

站在村口,双手窝在嘴边,对着田野高喊,田野里的岗丘回声给你,你喊什么,田野就回应什么。

等到了村外,站在田野岗丘,对着村庄喊上几嗓子,少顷,村庄那边变了调学着你的声音传回来。

这是村庄的回声。

傍晚,"嘎——嘎——"几声后,一拨南迁的大雁掠过天空,由近而远,越飞越远,不久就没了踪影和声响。雁过留声,它们去了南方。

这时,我知道:冬天也已启程,在离我们不远的路上。

1

冬日的鸟鸣,已失去了往日的嘹亮。

小鸟在灌木丛中飞来跳去,轻轻婉转啼鸣,"啾唧,啾唧"地发出细碎的声音。

每一次寒潮来袭,成群成群的麻雀,在树林或建筑物中飞个不停,像是在寻找一个安稳而温暖的驿站。飞翔中,麻雀顾不上发声,但你能听到成群的鸟儿飞行时"嗖嗖"的声音。

鸟儿在冬天也不是都低调。

村子里的那些野鸽子(学名珠颈斑鸠),一旦天气晴朗明媚,就会在树梢"咕——咕——"叫个不停,似乎根本不把冬天放在眼里。更有甚者,它们在家里窗台的支架上,孵出三窝的野鸽子;冬至那天,它们居然还下了个蛋,孵化起来,真是佩服它们的毅力。

那几日,我躲在边上,不敢露脸,时不时从侧面观察孵化的野鸽子……

县气象站的天气预报说夜间有强降温,并且有雨雪,最低气温零下五摄氏度。我着急得不行,晚上趁天黑,光线暗,拿个装化肥的蛇皮袋,折叠好,盖在支架上方,算是给它做个帐篷,遮挡风雪。盖的过程中,干扰到了野鸽子,它眼睛盯着我,抖动翅膀,使劲扑扇了几下,表示抗议。

第二天清晨,我被屋顶众多的鸟鸣声吵醒。原来家里的人经过那个窗口时动了窗门,把孵着的野鸽子吓跑了。我赶紧起来,站在窗后方向外张望,此时野鸽子窝里只剩下一颗光溜溜的蛋,而窗台两边,站着许多只野鸽子,像是野鸽子家族的智者和长者都来到了现场,在分析判断:这个被人动过的窝,是否保留?

我出去办事回来,窝里还是仅存那颗蛋,野鸽子没有回来。我在房前屋后四处张望,好像看见有两只野鸽子,在后面的一幢屋顶上徘徊。

于是，我飞快地拿掉那块用来给野鸽子遮雨雪的蛇皮袋，将鸟窝还原到原来的模样，巴望着鸟儿能飞回来，重新孵化。但一连几天，它们终究没有回来。

我当时天真地想，倘若能听懂它们的话语，知道它们的疑虑，表达不会伤害它们的意思，那该有多好啊！

2

雪，是冬日里的精灵。在冬天，人们向往和期待一场雪，尤其是在被干燥弄得焦头烂额的情况下。

雪终于来了。它漫天飞舞，敲打着门窗，在塑料板的雨篷和四季常青的树叶上沙沙作响。后来雪花变大，无声无息，轻轻飘落下来。雪下了整整一夜，房屋、街道、公路、村庄、树林、田野、河流、湖泊，大地一片银装素裹。

听雪，不自觉地想到寂静之声。

是的，下雪时只有寂静之声，雪是不会弄出多大声响的。除非有风。风来时，风与雪像两个捣蛋鬼玩上了瘾，风裹雪，雪挟风，风雪交加，好像铆足了劲将大把的雪扔到树上，砸向建筑物，摇得门窗"嘎吱嘎吱"作响。

雪中声音，最浪漫的要数那天真无邪尽情玩耍的欢笑声。

3

冬日与新春紧密相连,所以,冬日免不了透些年味的声响和音讯。

雨雪天,在家里,找一个带把的瓦缸火钵(取暖之用,条件好的人家用铜制火钵),抓一把黄豆、豌豆或大豆什么的,一颗颗埋到红泥火盆中,不一会儿,"啪"一声,冒起一缕青烟。迅速扒出,吹一下灰,放进嘴里,香脆无比,有时稀里糊涂地把来年的种子也炸掉吃了。

冬闲时,朝南的墙角里,师傅一手摇着铁炉,一手推拉着风箱,不时地将铁炉伸进边上那个麻布袋里,用力一拽,"轰"一声闷响,一碗米,变戏法般成了一大袋爆米花。

传说尼克松访华,随行人员看见这套工具,"轰"一声巨响,美国人顿悟:怪不得! 中国这么多人,饭都能管饱管够了。当然这是笑话。

村子里,过了腊八节,一种长杆的喇叭就吹开了。这种喇叭有七节长,收缩起来像唢呐,吹口处用好铜,连接的一节节用白铁皮。吹奏人平时在家门口,高亢激越地把音律一下子吹上高八度。

每当马灯、龙灯、高跷、抬阁,凡此场合,爆竹升道,锣鼓激荡,长杆喇叭就"呜嘟嘟——呜嘟,呜嘟——,呜嘟呜嘟"响起来,铿锵之声吹入大街小巷,流进田野乡村,激荡起满满的喜庆和欢乐。

更不要说，进到腊月，鞭炮声就不消停了，送灶公、请财神、除夕夜、开门红……每一样都离不了鞭炮。"爆竹声中一岁除""总把新桃换旧符"，爆竹和对联都成了辞旧迎新的代表符号。

那些冬日留下的韵味，难以抹去。

种子

　　我的启蒙教育是在村里的学校。那时,基本上村村有学校——所谓学校,严格来说,只是一间教室。

　　小的村子只有一、二年级,中等村子有一到三年级,大的村子和公社所在地,才有五个年级齐全的"完全小学"。"完全小学"里设专职辅导员,负责所辖村的教学管理。

　　我们村的教师是邻村靠山背的唐开志老师,采用复式班教学;教室是一间半房子,内设一个长条形的天井。

　　当时的课程主要是语文和算术。

　　新书发下来,我用发黄的报纸包封面,然后让家里大人用毛笔在封皮上写上课本名,自己用铅笔在下方描出自己空心字体的名字。那时,《红旗》杂志的封面是雪白的油面纸,是我们包书纸中的"高配",如果有《红旗》封面纸,就用它包课本,然后把课本放在枕头下,压上一宿,第二天早上起来,才小心地把书放进书包。

　　我的书包,开始是一个手提布袋,拎着去上学,我觉得丢份,好像矮人一截,还曾为此闹情绪,对上学没有热情。后来爷爷凑钱给我买了个新书包,是军绿色的帆布包,又硬又挺,我背在身上,打量好几下才喜滋滋地出门。

早晨,我起得早,教室没开门,我就一路小跑到邻村的唐老师家里,拿来钥匙,打开教室的门。

教室仅有一个门进出,是双扇木门,两个铁链上搭上一把锁,就算锁上门了。其实锁着的门可以推开一些,透过中间的缝隙,能看到里面一二。

冬天,村里几户人家轮流巡夜打更。打更时不喊"平安无事,小心火烛",而是拎着铜锣,绕着村子主道巡走,一个小时巡查一遍。巡查时,走一段路,停下来站住,"当,当"地敲两下铜锣。

那会儿,我跟着家里大人去值勤,到点了,大人还在桌子边闲聊,我就和小伙伴外出巡逻。每当经过教室,我们都特意在那里停一下,"当,当"敲两下铜锣,铜锣声从门缝中钻进去,在教室里晃荡一圈,又从后面的窗子口跑出来。

教室最后边有一张四方桌,哨子、教鞭、粉笔盒都放在四方桌上。四方桌是老师的办公桌,桌边有一扇大木窗,光线明亮。哨子是上课时用的,哨子一响,就要上课,在教室外疯玩的学生连跑带蹦地进教室。有时候,我们趁老师不在,几个人围在四方桌边,拿着哨子,拇指压着出口,偷偷吹,声音压得很低。如果老师听到,会用教鞭假意打我们。

一个教室,坐着三列学生,一、二年级两个班混在一起上课,有点像私塾。老师教完这边,这边学生开始做作业或自习;老师转过身,对那边学生说"把书翻到××页",开始讲课。就这样,一个老师教两个年级,给两个班轮流上课。

上课的黑板,由两根木头架子支撑着靠在墙上。老师拿着教鞭,在黑板上新教的那排字上移来移去,顺着读,倒着读,然后点名提问。如果学生回答不上来,老师就用那根教鞭在黑板认不出来的字上使劲敲:"再想想,再想想!"

有时候,老师在教室里上课,发现某学生没来上课。下课后,老师拎着教鞭,带上几个学生,直接到某学生家问原因:"你们家小扁头呢,今天怎么没来上课呢?"

"这死东西,就是怕到学堂里去,心是野的,这会儿可能去田野打猪草去了!"他母亲用旧锅铲搅拌猪饲料,头都没怎么抬。

"回来了,赶紧让他去上课!"

"知道了!"

教室里的学生,参差不齐,各式各样,像冬天一锅煮的腊八粥,什么样的都有:年纪大的、年纪小的,高的、矮的,小黑皮、小黄毛,小丫头、大丫头。还有个别的,上着上着课,学期还没结束,就说不来上课了,说是要结婚,嫁到外村去了。

教室前面,是一个小土台子,边上是坟地,还有一条跳水溪和水渠沟。水渠沟上,有一个胭脂红的大磨盘。过桥,过水渠沟和水塘,再过去就是田野、稻田、湖泊和别的村庄。

那些场地,也成为我们当时的乐园。当时没有限制学生只在教室活动的说法,也不规定学生不要乱跑乱玩。那时,我和几个小伙伴下课后四处乱跑,跑得很野,心却一点不野。我们就像教室前放过的风筝,线牵在放飞人的手里,不管怎么跑,心系在教室,系在家里。

小学三年级,我转到三里路外集镇上的河城小学。

那时的学校,没有让人头疼的功课,平时没有测验,考试也不多,有段时间甚至不讲分数。

那时在课堂上能学到多少知识?没有人去衡量,就像懒人种田,靠天收稻,栽下了秧苗,什么都不管,能收多少是多少,不指望,似乎也没法指望。

家长对孩子的教育基本上放羊,从来不纠结,也不急于求成、揠苗助长,偶尔老师来家访,家长们才想起来:噢,还有个孩子在上学。

不过,那时课外的活动倒是丰富多彩。记得各种文艺活动不少,有自己学校组织的,有跟兄弟学校选拔比赛的,还有"半山半圩片区"会演的。

学校前面有一个土舞台,平常做广播体操,体育老师就在上面领操。在那里举行过几次文艺会演。记得有一个节目,是隔壁班的小女孩拖着长长的辫子,在台上表演独舞《不忘阶级苦》。

歌词是这样唱的:

天上布满星,

月牙儿亮晶晶，

生产队里开大会，

诉苦把冤申，

穷人的血和泪，

千头万绪，千头万绪涌上我的心

…………

学校每年组织春游爬山，爬山过程中还会组织一些游戏，优胜者能得到一支铅笔或者一块橡皮。获得奖品的人兴奋不已。

学校每年还邀请贫下中农代表来做"忆苦思甜"报告，请志愿军代表来学校讲故事，基本上是相同身份的人说相同的故事。我从三年级听到五年级小学毕业。

在河城小学三年，我们的班主任一直是南京下放的知青唐美玉老师。她的孩子比我们小几岁，跟我们一样，也在学校上学。所以，她不仅把我们当学生，也把我们当作自己的孩子。

记得我们几个身材矮小的学生去春游，回来的路上有几个同学实在走不动了，唐老师还轮番背几个学生一段路。

有一次，唐老师来我家做家访，正好赶上我搬稻草上阁楼。我不记得当时唐老师讲了些什么，只记得她把我叫到身边，微笑着抚摸我的头，我觉得很温暖。

那时，我每天上学来回的路上，都经过小学对面的豆腐坊、开水炉、小吃店。开水炉的挑水人每天天蒙蒙亮就到水塘挑水，到天黑收工。

挑水人走的那段小路铺着煤渣，雨雪天气，煤渣防滑，挑水人的路就好走些。

小吃店里有几位上了年纪的老茶客，常常坐在那里，他们喝茶少，聊天多，闲着没事，就天南海北地东拉西扯。

有时，茶客们没话题了，便把话题转移到"老虎灶"上的挑水人，在那个老实人身上寻找话题。他们挑逗挑水人，挑水人没有心思和他们说笑。他要用肥胖的水桶，把干净的塘水挑进硕大的水缸，把一塘的阳光挑来，又要把一塘的月光送走，等天上的星光照到煤渣路上草鞋的脚印，他才能停下来，才能回家做一个属于自己的梦。

每当数九寒天的早晨去学校，路过那段铺了煤渣的路，我都能看到路中间的煤渣，已被挑水人的草鞋踩湿，路两边水桶里滴出的水，凝成冰凌，立在地面，路边小坑中有结成白纸样的薄冰。每次打那经过，我都觉得好玩，边走边用脚踢掉冰凌，用脚尖或脚后跟踩破薄冰，只为了听那冰裂时清脆的声音。

小学毕业后，我继续上中学。那时候中学四年制，初中两年，高中两年，学校在后岗山。

我们那里属于丘陵地带，没有高山，周边几十公里最高的游子山，也不过一百八十多米。土墩子、小土丘，只要比平地高出一点,都叫山。后岗山,只是公社所在地河城集镇后面的一个土丘岗子。

后岗山学校没有围墙,起初只有四五幢带走廊的平房,是青砖青瓦的砖木结构,一排低得不能再低的房子做厨房和仓库。学校办公室边上,有一间附房,做教师宿舍。宿舍不足三十平方米,划分出六个小单元,每个单元里面一张办公桌、一张单人床,供六个老师住。宿舍房檐很低,只有人的个头高,伸手就能摸到房上的瓦。

学校是开放式的,可以从四面八方出入。所以,各个村的学生,可以从东南西北来。

小学分散在各个村里,教室和教师问题不突出。但到了中学,一个几万人口的公社,中学校舍在一两个集中点上,校舍就显得小而简陋了。

我们这代人升中学时,恰逢人口高峰期,几重情况叠加,后岗山学校接纳不了这么多学生,教室、课桌、课凳和体育设施都严重不足,教师也紧缺起来。

课桌还好解决,家中条件好的,自带桌子板凳;有的用祠堂的牌匾砌起;更有甚者,情急之下,发明了泥草课桌。

校舍、厨房就得盖新的。为此学校发动学生义务劳动,上砖瓦厂去挑砖,一幢幢地盖起来。

至于体育设施,操场的沙坑,自己挖,自己挑沙子;单双杠架在两棵白桦树中间;篮球场也是一块平整地上架两个篮板架,泥土地面,雨天时四周用绳子围起来,不让踩踏;跑道由煤渣铺就，跑道之外，是盛开的油菜花和绿茵茵的小麦地。

那时，学校开放式办学，安排的劳动课程比较多，学校有试验田，学生要劳动。学校到附近村联系"支农"。我们从家里带上劳动工具，和学校邻村的农民一起下地干活，割麦、拾麦穗、积肥送肥、平整土地、兴修水利、挑土方，什么都干。

1977 年 10 月，《人民日报》正式发布恢复高考的消息，社会的风向变了。

人们对知识的渴望，对学问的热情，一下子被激发出来。

学校的学习氛围也变了。埋头学习变成一种行动。当时流行一种说法：学好数理化，走遍天下都不怕。

有同学在上学的路上背化学方程式；课堂作业和家庭作业也多了，一个大的物理题目，抄起来就是整整几个黑板；晚上去学校上自习，赶上停电，没有电灯，就带根蜡烛……

后岗山的中学历程，正是我们人生成长的拔节期，读课本、学知识、看社会。中学期间，幸逢一批优秀老师，每门功课的老师都有过硬的教学本领，也非常敬业。

印象最深的是我们更换比较频繁的语文老师，每个语文老师都有一定的时代特征：有在运动中从城市发配到乡村的；有"臭老九"从县城下放到农村，留在乡村的；有南京下放的知识青年；有工农兵大学生；有"老三届"的两年制的中等师范生。他们各有各的经历，各有各的千秋，他们合在一起，就是一本复合版本的人生教材。

不过,每一位语文老师,不论校内教学还是校外影响,都称得上是佼佼者。

我们中学的第一位语文老师是刘启勇,湖南长沙人,白白净净,矮矮胖胖,面容和蔼,戴一副金丝眼镜。听说他是翻译官出身,下放到我们那里,当起了老师,住在学校前面公社医院青砖青瓦的老房子里。他既教我们英语,又教我们语文。

当时英语教学要求简单(1979 年高考总分中,英语只计入 10 分,总分 510 分),我初中才开始接触英语,难易程度可能还到不了现在小学四年级的水平。翻开课本第一页,刘老师教我们高声朗读"Long Live Chairman Mao(毛主席万岁)"。课本中好几个章节仅是二十六个字母和音标,后面的课文才是一些简单句子。

刘老师乡音难改,一口重重的湖南语音,英语课上,刘老师的口音被 ABCD 覆盖了。然而,语文课上,我只感到老师讲得费劲,学生听得也吃力。那时语文课本中有多篇毛主席诗词和鲁迅文章。可能有对毛主席的同乡情结,刘老师讲毛主席诗词时特别深情:"恰同学少年,风华正茂,书生意气,挥斥方遒。"

刘老师也引用毛主席诗词中的句子语重心长地告诫我们:"子在川上曰,逝者如斯夫。"

那时的我们懵懵懂懂,上课漫不经心,没有"寸金难买寸光阴"的概念,毫不在意宝贵时间的流逝。

发现刘老师语文课堂纪律松弛,班主任专门在班上说:"刘老师是有水平的知识分子,你们要好好地尊重他,跟他多学知识。"

回想当年,刘老师讲课,常常讲出一头的汗水,脖子上青筋凸起,一副焦虑和恨铁不成钢的神情。他是多么希望我们珍惜青春光阴,多么希望我们理解他的苦心,早日从懵懂中醒来。

刘老师教了我们一两个学期。后来,政策落实,他调回南京,在新街口的一个银行上班,重新做回他原先的工作。

文洁民老师是南京下放的知识青年,下放前是南京市第九中学冯亦同先生的学生。教我们语文的时候,文老师正朝气蓬勃、活力四射,他是书香门第,其老爷子曾是《新华日报》农村组组长,一个地道的文人,扎实的文字功底和朴实无华的行文风格,潜移默化地感染了我们的文老师。

文老师让我们开始领略语言文字的魅力。他带我们欣赏语言文字气势磅礴、一泻千里的气势,带我们体悟语言文字横空出世般的气概。"北国风光,千里冰封,万里雪飘……""安得倚天抽宝剑,把汝裁为三截,一截遗欧,一截赠美,一截还东国"。文老师在黑板上,特别标出"遗欧"的"遗"读 wèi 不读 yí。他做出一个潇洒的手势,表示"遗"是赠与或给予的意思。

文老师教语文时,对我们经常出错的地方,有时会出狠招。比如我们作业中"他、她、它"不分,"的、地、得"混淆,文老师订正时,让我们分别抄十遍以上,让我们在重复中长记性。同时,他引导我们注意辨别字、词、义、意的运用,训练我们咬文嚼字的能力。

　　戴军老师教我们语文时,给我们的印象是不急不躁、细声慢语,她温文尔雅,给语文课增添了一些感情色彩。我至今记得那时有一篇课文是袁鹰的散文《井冈山的翠竹》,戴老师教得是那样抒情。

　　当时,语文课中还有一篇《白杨赞》,戴军老师在授课中,激励我们遇事不管是顺境还是逆境,要有担当的责任,还要有坚强的毅力与行动。

　　童维生老师也教过我们几堂语文课,他是我们那里语文教学的权威,尤其是在古典文学方面,驾轻就熟。他一头白发,身材修长,面带微笑。从办公室到教室,他走路如风,一副学者风范,有一种对语文教学,特别是古文教学,拿捏得准的自信。

　　童老师诵读古文时,节奏明朗,声音洪亮,铿锵有力,他能把古文浓缩的精华朗读得淋漓尽致。他带我们诵读时,那种投入的神情和陶醉的神态,使我们不由得联想到鲁迅先生《从百草园到三味书屋》中写执鞭的寿镜吾先生:"我疑心这是极好的文章，因为读到这里，他总是微笑起来，而且将头仰起，摇着，向后面拗过去，拗过去。"总觉得童老师与寿镜吾先生有异曲同工之妙。

高中时，教过我们语文的还有赵新木老师。赵老师在我们临近高中毕业，才接手我们的语文课，他对我们这帮孩子灌注了大量的心血。赵老师多才多艺，琴棋书画、德智体美，样样精通。手风琴、口琴、二胡、篮球、乒乓球都是他的拿手好戏。赵老师参加过县文教局主办的毛笔字展览活动，获得奖项，获奖作品他拿给我们分享。他的作品写的是叶剑英元帅的《攻关》："攻城不怕坚，攻书莫畏难。科学有险阻，苦战能过关。"他从另一个方面勉励我们刻苦学习。

中学学习中，我们还有一位不教语文的语文老师，他就是中学期间一直做我们班主任的陈平华老师。陈老师先教我们数学，在我们快毕业的时候，因为学校分配来几个年轻老师，是比我们大不了几岁的小伙子，他们是镇江地区丹阳师范学校的，是 1977 年恢复高考以后分配的首届毕业生，其中一位陈建中老师来教我们数学，陈平华老师就改教我们物理了。

陈平华老师在语文教学过程中没有课本。

在学校支农劳动休息的时候，他会给我们讲一些故事。

在自习课上，陈老师来看班，查纪律，提到怎样准确生动地遣词造句的时候,举例诗人贾岛,究竟是"僧推月下门"还是"僧敲月下门",陈老师进行现场演示,做仔细推敲的动作。

在课外活动时,陈老师趣谈唐诗宋词,还讲了一个故事:客官投店,考店家,拿一个鸡蛋、几根葱,要求做三菜一汤,对应一首唐诗。店家胸有成竹地打点,不慌不忙地逐一端出菜来,一个菜名一句诗,合应杜甫的绝句:"两个黄鹂鸣翠柳,一行白鹭上青天。窗含西岭千秋雪,门泊东吴万里船。"

陈老师也会讲《光明日报》整版登载的徐迟的报告文学《哥德巴赫猜想》,讲郭沫若在科学技术大会上《科学的春天》那篇文章,讲《文汇报》整版登载的卢新华的小说《伤痕》,或者讲日常生活中一些有趣味的语文课件。

那时的一切,让我们懂得,不仅要读好课堂上的一本本小书,更要去读好社会这本大书。

高考后,我们中学毕业。我们离开后岗山,走出中学校园,跨进一个新世界,开启更丰富的人生篇章。当时正值社会进入一个新时代,一个年轻的朋友来相会的时代,一个到处朝气蓬勃的时代。

我也离开了成长的村庄。不过,这只是形式上的说法而已,一个人是永远离开不了生养他的故土的,因为他的根在那里。

有人说,某种程度上,离开故土,每个孩子都是一颗破土而出的种子。

是啊,我们不就像种子吗？不就像种子发芽后生长的小树吗？

现在这小树变样了,在长高之中。